DANA GRIGORCEA

# Das Gewicht eines Vogels beim Fliegen

ROMAN

PENGUIN VERLAG

MIX
Papier | Fördert gute Waldnutzung
FSC® C014889

Penguin Random House Verlagsgruppe FSC® N001967

1. Auflage


Umschlaggestaltung: Marion Blomeyer / Lowlypaper, München
Umschlagabbildung: © gettyimages, 151815254
Satz: satz-bau Leingärtner, Nabburg
Druck und Bindung: Friedrich Pustet, Regensburg
Printed in Germany
ISBN 978-3-328-60154-8
www.penguin-verlag.de

*Für meinen Sohn Thomas*

# Wie alles begann

Die Fantoni scheint überall zu sein, auf der Wendeltreppe, unter der Spieltischlampe, dann wieder hinten bei der Palme, sie zwängt sich winkend an Gästen vorbei und dreht dem armen Freddie immer nur den Rücken zu – einen immerhin freien Rücken, vom schwarzen Chiffon eingefasst. Freddie steht mit seiner großen Fliege zwischen zwei Herren, die sich unterhalten und dabei paffen, sie stoßen ihn mit den Ellenbogen an. Vergeblich, er hört nicht hin. Alba Fantoni mag nicht in seine Richtung schauen.

So schlendert er denn zum Grammofon – das neuste Modell – und legt eine Platte auf, Eddie Cantor, »You'd Be Surprised«.

Die Scheibe dreht sich. Finger schnippen im Takt, die Pailletten an den Kleidern schimmern, auch die große Schleife über dem Gesäß des Servierfräuleins da vorn. Der volle Saal beginnt zu schwingen, pausbackige Damen schauen einander ungläubig an und prusten los. Der Text ist frech, die Gesellschaft exaltiert.

Da steht sie schon beim Grammofon, Alba Fantoni, und schaut Freddie mit schwarz umflortem Blick an. Langsam dreht sie ihre schmale Hüfte seitlich ab, steht einen Augenblick nur da, in mondäner Eleganz. Ihr Chiffonkleid spannt und glänzt schwarz wie der Grammofontrichter. Alba, göttliche Alba!

Jäh wirft sie die Arme in die Höhe, ihr Sektglas fliegt in hohem Bogen über die Köpfe hinweg. Sie ruft etwas, von ihren Lippen lässt sich ablesen: »Damenwahl!« Adrette Männer springen auf und stellen sich ihr kurz in den Weg.

Sie streckt ihre nackten Arme hinter Jacketts und pomadierten Köpfen, an allen vorbei, hin zum besten Tänzer im Saal – zu Freddie!

Nun ist sie bei ihm, umfasst von der wogenden Menge. Die Hand an ihrem Rücken, drücken seine Finger leicht in ihre Haut. Er dreht sie im Tanz, weg von den aufdringlichen Männern.

»Alba«, lässt sich an seine Lippen ablesen. »Alba!«

Er legt die Wange auf die ihre und bewegt seine Lippen zum Text:

*»He's not so good in the crowd,*
*but when you get him alone –*
*you'd be surprised …«*

Sie wiegen sich im Takt, ihre Rechte in seiner Linken, ertanzen sich eine Schneise durch den Saal, und allmählich bewegt auch sie die Lippen:

*»He doesn't look like much of a lover,*
*but don't judge a book by it's cover.«*

Sie lacht herzhaft, mit glänzenden Augen, und er mit ihr. Endlich! Doch sie winkt bereits einem anderen zu, schickt ihm Luftküsse und deutet auf den Armlehnstuhl beim Grammofon.

Die Tanzenden schauen ihnen zu – da ist der finstere Meister Peters, der sich ein enormes Präsent übers Knie legt und es mit seinen großen Händen umfasst.

Freddie hält Alba zurück: Bitte, noch ein Tanz!

Sie schaut zu Meister Peter. Der nickt.

Freddie dreht Alba weg, nimmt den Blick des unheimlichen Mannes auf sich, den Kajal-umrahmten Blick des Hypnotiseurs.

Zur allgemeinen Begeisterung kommt nun der alberne Truthahn-Tanz. Die Paare stellen sich auf, Hand in Hand. Sie werfen die Beine vor und zurück, immer höher und schneller, einander zugewandt, im lustigen Wettstreit. Sie schütteln die Arme, schwenken die Hüfte, knicken ein, stapfen wie die Gockel umher.

Freddie macht Sensation, denn er ist flink und lustig und schneidet Grimassen. Und auch Tango kann er: ziehende Griffe, brüske Pirouetten, die Frau übers lange Knie, im fallenden Bogen, Aug' in Aug', der sehnsüchtige Blick!

Nun aber will Doktor Hines seine Verlobte zurück. Seine kleine, dicke Hand mit dem Siegelring klopft Freddie auf die Schulter; er nimmt Alba Fantoni am Arm und führt sie weg.

Freddie schaut dem ungleichen Paar nach, streckt sich, mit hochgezogenen Brauen. Ob Alba zurückblickt?

Sie dreht sich zu ihm um und … lächelt!

Dieses makellose Lächeln, bei ernstem Blick. Wer kann dem widerstehen?

Freddie beugt sich zu der Dame, die ihn etwas fragt, entschuldigt sich und folgt Alba.

Im Esszimmer sind die Kronleuchter an, der Tisch ist gedeckt. Wo ist sie hin, die Fantoni?

Freddie schaut durch den Saal, doch seine Alba ist nirgends zu sehen. Bei Doktor Hines ist sie nicht mehr, auch der blickt nur umher, will sie rufen, doch als er sich umdreht, ist Meister Peters vor ihm aufgestanden und übergibt dem Hausherrn zeremoniös das enorme Präsent, das zuvor auf seinen Knien lag.

Es ist größer als Doktor Hines und so schwer, dass der ins Trippeln kommt, als er es halten soll. Er legt es ab. Die Gäste lachen, was wohl drin ist?

Doktor Hines reißt das Papier auf. Meister Peters mahnt zur Vorsicht, der Inhalt sei kostbar.

Papierbahn um Papierbahn fällt ab, die Gäste machen schon Witze, denn das Geschenk wird kleiner und kleiner, so klein wie Doktor Hines.

Das Auspacken dauert, auf dem Grammofon läuft der Tonarm in der letzten Rille.

Die letzten Bahnen fallen von selbst ab, wie schwere Bandagen.

Das Geschenk!

Die Gäste machen große Augen, auch Doktor Hines, der die Hand auf den Mund legt.

Freddie drängelt sich vor und sieht es auch. Es ist Alba Fantoni, zur zierlichen Statuette versteinert, in dunkel glänzendem Onyx. Sie steht auf Zehenspitzen, die Arme dicht am Körper, das Köpfchen im Nacken, einem emporschießenden Vogel gleich. Ihr Mund ist aufgerissen, zum Himmel hin, als würde sie verzückt rufen: »Damenwahl!«

# 1

Als der Zug aus Mailand um 16.34 Uhr mit zweistündiger Verspätung in Santa Margherita Ligure einfuhr, an den hohen Palmen und Zedern vorbei, nahmen sie lebhaft Abschied von ihrer zeitweiligen Reisegefährtin. Die elegante Signora mit der grauen Föhnfrisur zog eine Bonbondose hervor, zeigte sie Loris und dem Kindermädchen, rief dann mit Pathos und lang gezogenen Vokalen *»la Mama!«* und steckte sie Dora zu.

*La Mama* – von der Melodie dieser Worte getragen, fuhr Dora ihrem Sohn durch die Haare, was dieser verärgert abwehrte, so wie immer.

Es war im menschenleeren Bahnhof viel wärmer als im Abteil, und das im Februar. In der Ankunftshalle erschallte das Gezwitscher der Schwalben. Als die singende Frauenstimme mit *»gentili signore e signori«* zur Ankündigung einer weiteren Zugverspätung ansetzte, hörten sie noch ein letztes Mal die Signora dagegenhalten: »*Ma vaffanculo*, leckt mich doch am Arsch!«

Auch das hatte seine Melodie, eine, paradoxal zum Inhalt, aufstrebende. Das passte zu Doras Auffassung von Sprache und Literatur.

Sie war am richtigen Ort!

Hier an der ligurischen Küste würde sie die *Damenwahl*-Geschichte endlich aufschreiben können. Schon der Anblick der Dattelpalmen vor der Aussichtsterrasse des Bahnhofs versetzte sie in Hochstimmung: die erstarrten kleinen Feuerwerke mit dem schlanken Schweif und der symmetrischen Lichtsprenkelung. Alles war bereit, üppig vorhanden. Ja, das war der Ort, an dem sie die Geschichte um Constantin Avis' Statuette aufschreiben würde.

Jahre schon trug sie diese Geschichte mit sich, in allen Details. Jedes ihrer Bücher hätte dieses werden müssen – und war dann doch ein anderes geworden. Der zeitweilige Publikumserfolg konnte sie das nicht vergessen lassen, im Gegenteil, er beunruhigte sie.

Diese kleine Statuette – rufende Frau, aufschießender Vogel, was immer es war – stand vor ihr, so greifbar, und entglitt ihr doch ein jedes Mal. Warum nur?

Mit diesem Gedanken war Doras Blick aus dem Zugfenster den Berglinien gefolgt, bis das Bild unverhofft verschwunden war in der dunklen Schraffur des Gotthardtunnels, auf der blinden Scheibe ihr Spiegelbild – mit ernstem Blick, fast schon böse, die Hände im Schoß gefaltet, während daneben ihr Sohn mit dem Kindermädchen Uno spielte.

»*Male color*«, rief das Kindermädchen und legte eine rote Karte.

Was meinte sie mit »*male color*«?

»*Male color*«, rief auch ihr Sohn, »*male color*«.

Nein, so durfte sie nicht in die Welt schauen, mit diesem finsteren Blick! Denn wozu noch Kunst, wenn nicht, um die Sinne zu schärfen für ein gutes und schönes Leben?

Aus dem Tunnel war der Zug durch das lichte Dorf Airolo

gefahren – Frühling, mitten im Februar. Bald schon Sommer … Auf dem Fenster ein kleiner Staubfleck, der über die Bergkuppen zog, nein, tatsächlich eine Alpendohle. Dora schaute dem Vogel nach, war neugierig, wie weit dieser kunstvolle Segler ihr folgen würde, verlor sich in Gedanken an Constantin Avis und seine berühmte Vogelstatuette, die er in Amerika nicht zollfrei über die Grenze führen durfte, an verstorbene Kunstmäzene und das liebe Geld, das ihr immerzu fehlte, und an die kleine *Damenwahl*-Statuette, die Avis genötigt wurde zu erschaffen …

Nun hatte sie sich endlich zu diesem Buch verpflichtet, eigens ein Schreibstipendium der Adolph-Wehrli-Stiftung, die heute im Besitz der Statuette war, angenommen.

»Wenn Sie wüssten, wie viele Sie um dieses Stipendium beneiden«, hatte der mondgesichtige Stiftungsdirektor, Herr Dr. Christoph Wehrli, gesagt. »Sie haben nun die Damenwahl!«

»Und ich habe mich gerne für Constantin Avis entschieden«, hatte Dora geantwortet, »er war bestimmt ein passabler Tänzer.«

Sie hatte sich vorgenommen, Herrn Dr. Wehrli aus Ligurien eine Ansichtskarte zu schicken und sich nochmals für die großzügige Unterstützung ihrer Arbeit zu bedanken, denn hier würde sie in Ruhe schreiben können und ihrem Sohn derweil den Ferienort am Meer angedeihen lassen.

In ihrer Tasche fühlte sie das Mobiltelefon vibrieren. Auf dem Display erschien wie erwartet *Regis*. Sie strich mit dem Daumen über seinen Namen, als könne sie durch das Glas eine Brailleschrift abtasten, ließ das Telefon zurück in die Tasche gleiten.

»2 : 0 für Bergamo«, kommentierte ihr Sohn in der Tür des Bahnhofcafés, aus dem es grün schimmerte.

»Prima!«, sagte Dora. »Freut dich das, ja?«

Der Junge überlegte, kräuselte seine Stirn, während die beiden Frauen mit dem Gepäck vor ihm standen. Dann sagte er: »Ja … doch, das freut mich.«

Und Dora hielt sich zurück, ihm über die Haare zu streichen oder die Stirn zu küssen und sagte nur: »Mich auch, Loris.«

Da in den beiden Taxis vor dem Bahnhof keine Fahrer zu sehen waren, liefen sie zu Fuß die nächste Gasse hinunter, vornweg Dora mit dem größten Rollkoffer, ihr achtjähriger Junge in der Mitte, dahinter das Kindermädchen mit dem weißen Hütchen und dem hellen Namen Macedonia.

Es roch nach Jasmin und verbranntem Laub, beunruhigend heiter nach dem vorrückenden Frühling. Motorroller bretterten an ihnen vorüber, viel zu nahe, und die zwei Frauen riefen Loris zu, dichter an der Mauer zu gehen. Zur Sicherheit ging Dora neben ihm, sie selbst auf der Fahrbahn. Am Ende der Gasse öffnete sich vor ihnen jedoch schon die Via Pagana mit ihren Palazzi. Gleich hinter der Straße ragte zwischen den hohen Palmen in blassem Gelb und mit dunkelgrünen Fensterläden das Hotel Metropole empor. Der Schatten einer Palme lag ungerührt auf der Hotelfront, wie gemalt.

Heraneilende Portiers nahmen ihnen das Gepäck ab. Macedonia flüsterte Dora zu, auf dem Namensschild des einen stehe *Gigi Amoroso*, ganz so wie in dem alten Schlager. Ob es wirklich möglich sei, dass der so heiße?

»L'Amoroso«, sagte Dora, »›Gigi l'amoroso‹, heißt das Lied, mit dem bestimmten Artikel davor: Gigi der Verliebte.«

Sie füllte das Empfangsformular für alle aus. Die allerbeste Suite warte auf die drei, verkündete der Rezeptionist mit lauter Stimme, als gelte es, auch die Gäste auf der Terrasse darüber zu informieren. Und im Vertrauen beglückwünschte er die Damen zu ihrem Weitblick, in der Nebensaison anzureisen, jetzt, da alles eher noch erschwinglich sei.

Ich sehe also nicht aus wie ein üblicher Gast dieses Hotels, dachte Dora. Sie, die muffig anmutende Künstlerin? Mit brüsker Geste nahm sie den Hotelschlüssel mit dem schweren Anhänger entgegen, den sie gleich Loris gab. Man könne Ende Februar noch nicht im Meer baden, dafür auf den Hügeln wandern, durch Olivenhaine und Pinienwälder die Küste entlang nach Paraggi, Portofino oder bis zum Kloster San Fruttuoso, sagte der Rezeptionist. Wieder spürte sie das Mobiltelefon in der Tasche vibrieren. Sie ließ sich Prospekte geben und bedankte sich fahrig, auch für den Hinweis auf den Pingpongtisch im Garten. Als ein weißer Pudel durch die Lobby rannte, einen Tennisball in der Schnauze, wurde sie sich ihrer Ungeduld bewusst. Den Willkommenstrunk auf der Terrasse lehnte sie dankend ab, was die beiden kartenspielenden alten Damen am weiß gedeckten Tisch zu Kommentaren veranlasste. Dass sie nach ihrem Sohn schauen musste, verstanden sie aber sofort. Sie lächelten ihr zu und spielten weiter.

Drei Zimmer hatte ihre Suite, ganz oben im vierten Stock, beste Aussicht auf die Promenade; zwei Schlafzimmer, verbunden durch ein geräumiges Wohnzimmer, und kaum dass sie ausgepackt hatten, lagen überall Loris' Kleider, Spielsachen und Bücher über Piraten herum. Macedonia brachte die Blumenvase vom Wohnzimmer in Doras Zimmer – vielleicht auf den Tisch am Fenster?

»Bitte nichts auf meinen Schreibtisch stellen!«, rief Dora.

Bevor sie hinausgingen, um etwas zu essen, packte Dora ihre Hefte aus und die Kopien der Briefe, Tagebücher und Arbeitsskizzen von Avis, die man ihr von der Stiftung mitgegeben hatte – als ob sie das gebraucht hätte. Sie blickte auf die säuberlichen Zurichtungen eines Menschen, der zum Schreiben und Nachdenken beträchtlich viel Zeit und eine sichtbare Freude an der eigenen Handschrift gehabt hatte: Constantin Avis' lange, nach rechts geneigten Buchstaben, mit großem Abstand zwischen den Wörtern, die i-Punkte hoch aufgeworfen.

Sie unterließ es, auf ihr Mobiltelefon zu schauen. Regis hatte ihr geschrieben. Aber sie würde ihn warten lassen, das Telefon im Zimmersafe einsperren.

Nur gelegentlich würde sie an ihn denken, beim Schreiben, sehnsüchtig.

# 2

Als am späten Vormittag des 12. Mai 1926 die *RMS Mauretania*, ausgezeichnet mit dem Blauen Band für die Höchstgeschwindigkeit, nach nur sechseinhalb Tagen Überseefahrt aus Liverpool kommend an den Chelsea Piers anlegte, wartete im New Yorker Hafen eine aufgeregte Gruppe von Journalisten und Fotografen – nicht auf den jungen Bildhauer Constantin Avis, sondern auf eine amerikanische Schauspielerin, die aus Europa heimkehrte.

Im beigefarbenen Anzug stieg Constantin auf das sich schnell leerende Oberdeck, um noch eine letzte Zigarette an Bord zu rauchen, das Gedränge mit den Hüten, Mützen, Schals, winkenden Armen und beladenen Porters im Blick und daneben die hellen Explosionen, die von den Blitzlichtbirnen um ein weißes Hütchen herrührten.

*In einer Zeit großer Unrast und extravaganter Atemlosigkeit entdecke ich einen neuen Luxus: mich nicht hetzten zu lassen*, hielt Constantin in seinem Notizheft fest und steckte es zurück in die Jacketttasche.

Als auf der Anlegestelle kaum mehr jemand zu sehen war und die Porters zu ihm hinaufstiegen, hielten sie ihn für einen Reisenden aus der ersten Klasse und, obschon sie seinen Schrankkoffer und die klobige Kiste aus einer kleinen

Kabine unweit des Motorenraums herantrugen, verlangten sie viel zu viel, was Constantin, nicht ortskundig, für landesüblich hielt.

In Paris hatte er sein kleines Atelier in Montparnasse, Impasse Ronsin, seinem Schriftstellerfreund Jean Cordier überlassen, der ihm eine Mietzahlung aufgedrängt hatte, eine peinliche Angelegenheit. Nun aber befand er sich auf dem Weg zu seinem großzügigen amerikanischen Galeristen Max Milner, der für den 17. Mai die Eröffnung einer großen Einzelausstellung für ihn anberaumt hatte. Alle seine Werke, die sich in Amerika befanden, würden dann beieinanderstehen – und mittendrin sein neustes Werk, das Milner der Welt zeigen und verkaufen wollte, »für einen absoluten Rekordpreis, mein Freund!«. Er hatte ein Hotelzimmer für ihn reserviert, mitten in New York, »über den Wolken«.

Vorerst kamen aber weitere Ausgaben auf den *Prince paysan* zu – den Bauernprinzen, wie ihn seine Freunde in Paris nannten –, bei der Grenzkontrolle:

»Sie sind von Beruf …«

»Künstler … *Artist!*«

»*Artist?*«

»Ja.«

»Sie reisen allein?«

»Ja«, sagte er und zeigte auf die klobige Kiste, »nur mit dem Kind.«

»Mit dem Kind?«

»Dem Kind in der Kiste.«

Das kam nicht gut an.

Drei Zollbeamte standen nun vor der aufgestemmten Kiste und blickten hinein, unschlüssig, wie sie das ganze

Verpackungsmaterial, die vielen Tücher, die um etwas doch recht Kleines, wie Constantin ihnen versicherte, geschlagen worden waren, entfernen sollten.

Constantin musste sich eingestehen, dass die Analogie von Kind und Kunst trivial gewesen war, aber die Zollbeamten waren ohnehin nicht bereit, seinen Bronzevogel, den sie aus der Kiste geschält hatten, als Kunstwerk anzuerkennen. Ihr Kunstverständnis war umso rigoroser, als die Kunst an ihrer amerikanischen Grenze zollfrei war, sie aber die polierte Bronzefigur als Manufakturware zu verzollen gedachten. Ihren Preis schätzten sie extra gering ein, als würden sie Constantin damit einen Gefallen tun.

»Mein Vogel ist Kunst!«, insistierte Constantin Avis, den Hut in einer Höflichkeitsgeste an die Brust gepresst. Verzollen wollte er ihn auf keinen Fall.

»Mit Verlaub, Sir. Es hat keinerlei Ähnlichkeiten mit einem Vogel.«

»Das ist auch kein Vogel«, sagte Constantin. »Das ist der Flug eines Vogels.«

Die Zollbeamten schauten sich an und brachen in Gelächter aus, der älteste von ihnen musste sich vor Lachen gar an der Kiste abstützen. Constantin schaute ihm unverwandt ins Gesicht. Und da brach es unverhofft auch aus ihm heraus, ein unbändiges Lachen, er warf den Kopf in den Nacken, mit weit geöffnetem Mund, lachte viel lauter noch als die Zollbeamten, ein sonores Lachen, das zwei junge Männer und eine blonde Frau den Kopf durch die Tür des Verschlags stecken ließ. Er lachte herzhaft, auch deshalb, weil er beim älteren Zollbeamten eine große Ähnlichkeit mit seinem wackeren Onkel Coroi entdeckt hatte, seinem Ziehvater, für den er einst eine

Bronzebüste geschaffen und öffentlich errichtet hatte. Tausende Kilometer, einen Ozean und ein Leben entfernt, und doch war es das gleiche Profil, die gleiche Habichtsnase, die tief liegenden Augen, sogar das gleiche Menjou-Bärtchen, bei dem er Haar um Haar sorgfältig ausgearbeitet hatte.

»Man soll mich erkennen, Junge!«, hatte der Onkel damals gebeten. »Nicht dass deine andere Kunst nicht wertvoll wäre. Aber ich will, dass jeder Dummkopf im Dorf sieht, dass ich das bin.«

Am Ende hatte er seinen Onkel überzeugt, die Statue patinieren zu lassen, damit sie hochwertig aussehe, so wie die Woiwoden-Statue am Ortseingang.

Gemeinsam hatten sie vor dem Haus eine Grube ausgehoben und sie mit Dünger gefüllt, die Bronzestatue hineingelegt und sie mit einer dünnen Erdschicht bedeckt, die feucht bleiben musste. Constantin hielt die Familie an, ihren Urin dort abzuschlagen.

»Willst du mich veräppeln, Junge?«

»Nein, Onkel, vertrau mir. Das ist Kunst!«

Tante Coroi übernahm anstandslos. Auch am helllichten Tag defilierte sie mit vollen Nachttöpfen zur Grube und rief ihrem Gatten über den Garten hinweg zu: »Nimm's nicht persönlich!« Sie hielt auch die Enkelkinder und die Verwandtschaft an, sich bei der Grube zu erleichtern.

Und dann kam der Tag, an dem sie die Büste ausgruben und vor dem Wirtshaus auf einem weißen Marmorsockel fixierten. Alle aus dem Dorf waren da und begutachteten die Statue. Das war eindeutig Coroi! Aber so, wie sie ihn erst jetzt wahrlich erkannten: Coroi in großer Pose und in Würde; aus dem Kern, aus dem die Woiwoden sind.

In den Marmorsockel war sein Name und auch der seines Neffen Constantin Avis eingemeißelt, der hier aufgewachsen war und nun als gefeierter Künstler in Frankreich lebte, in Paris, und auf der ganzen Welt. Es war ein sonniger Tag gewesen und um die Bronzestatue her zwei Grad wärmer.

Constantin verabschiedete sich von den Zollbeamten, indem er mehrmals den Hut aufsetzte und wieder lüftete, besonders von dem, der seinem Onkel ähnlich sah, und er ließ alle staunend zurück ob so viel Gelassenheit. Denn er besaß die Gabe, in allen Dingen das ihm zutiefst Vertraute zu erkennen. Diese Gabe gestaltete das Leben behaglicher, sei es bei seinem Onkel im Dorf, wo er jahrelang die Kellertreppe hinabgestiegen war, um Wein für die Gäste zu holen und dabei die Lieder aus dem Wirtshaus im Flüsterton, ganz für sich, hinabgetragen hatte, hinab und immer weiter bis nach Paris; sei es in der Stadt der Lichter, die er nach mehrwöchigem Fußmarsch erreicht hatte und zunächst im Atelier eines geachteten Bildhauers, dann in der Künstlersiedlung von Montparnasse arbeitete; sei es jetzt, zu Füßen der kolossal, aber nicht furchterregenden Wolkenkratzer von New York.

Schon eine größere Pfütze ließ ihn innehalten, das darin gespiegelte Hochhaus betrachten, die Sandkörner auf dem Grund, die schimmernde Benzinspur; und als eine Fußgängerin hinwegsprang, übertrug sich ihr Schwung auch auf ihn und riss ihn mit, zu kühnen, verheißungsvollen Gedanken, zu Visionen von künftiger Größe: zu Blitzlichtbirnen und Fotografen, die ihn, den künftigen Weltstar, den famosen Künstler, vor Milners Galerie abfangen würden, zum Wiedersehen mit seinen Skulpturen aus Atlanta, Washington und

Chicago, zu den vielen bedeutenden Kollegen, die ihn mit ihrer Anwesenheit überraschen und beehren, seinen wundersamen Vogel bewundern würden, auch zu jener Schauspielerin, die umjubelt von Bord gegangen war, und mit ihr das weiße Hütchen.

# 3

Lidy Maenz, die Fotografin der Milner Gallery, sah, wie sich gegen 17 Uhr die helle Silhouette eines Mannes aus dem Gedränge auf der West 57th Street löste. Er kam näher, schaute hinauf zum blinkenden Schriftzug und trat ein.

Lidy stand auf der Klappleiter, umkreist von afrikanischen Speeren, und war dabei, die Glühbirne einer Deckenleuchte zu wechseln. Sie trug ein rückenfreies goldenes Kleid ihrer Freundin Cara Milner, die seit einer Woche nur noch Trauer trug, Schwarz und Mauve bei totenbleich gepudertem Teint, die Pupillen von Belladonna geweitet, auch am Lenkrad ihres offenen schwarzen Packards.

»Die Ausstellungseröffnung ist erst in drei Tagen«, rief Lidy, obwohl sie kurz mutmaßte, bei dem Besucher könnte es sich um einen Freund Caras handeln.

Der Mann hob die Brauen und schaute sich um, mit Kennerblick, als suche er nach einem ganz bestimmten Kunstwerk.

Vielleicht war es seine rätselhafte Bemerkung, wonach er seine Ankunft vom Schiff aus telegrafiert habe, die ihr seine Ähnlichkeit mit Douglas Fairbanks in *Seeräuber* offenbarte. Sie schätzte ihn als noblen Außenseiter ein.

»Darf ich Sie aus dieser Wildnis retten?«, fragte er Lidy und reichte ihr durch die Speere hindurch die Hand.

»Aber nur, wenn Sie mich auf eine Tasse Tee einladen. Ich habe Feierabend und verdurste.«

»Jetzt gleich?« fragte er überrascht.

»Absolut. In Marnies Teehaus!«

»Wenn Sie noch Kisten auspacken wollen, kann ich Ihnen dabei helfen«, sagte der Mann.

»Nein, danke«, sagte Cara und lachte.

Der Mann lachte mit und zeigte seine weißen Zahnreihen, genau wie Fairbanks, und auch die gleiche Habichtsnase hatte er und trug den gleichen dünnen Schnurrbart; damals noch als Helden-, später als Schurkenschnurrbart bekannt.

»Also, wäre ich Ihr Vater, der ich zum Glück nicht bin«, sagte er galant, »würde ich Sie nicht mit einem Unbekannten ausgehen lassen. Auch nicht zum Tee.«

»Sind Sie denn in der Milner-Galerie ein Fremder?«

»O nein, keineswegs.«

»Na, sehen Sie.«

Er half ihr in Caras Pelzstola – zwei Rotfüchse, die sich über ihrer Brust küssten, die buschigen Schwänze baumelten von ihren Armbeugen herab. Dieses Kitzeln auf den Armen, das leichte Ziehen im Rücken, ließ sie vorpreschen durch die Straßen, wie aufgezogen, eine unbeirrbare Maschine in der modernen Stadt, dicht gefolgt von diesem schneidigen Herrn, der im schnellen Ausweichen und Überholen der Leute auf dem Gehsteig fast schon Quickstepp tanzte.

Im Marnies grüßte sie Ralph, der wahrscheinlich gar nicht Ralph hieß, und ließ sich nicht etwa an eines der runden Tischchen am Fenster platzieren: »Wir wollen den besten Tee, Ralph. Nicht wahr?«

Ihr neuer Bekannter nickte, und Lidy dachte kurzweg,

dass man ihn hier kannte. Auf jeden Fall wurden sie an der Vitrine mit dem Glasnippes vorbeigeführt, und da habe sie ihm vertraulich zugezwinkert.

»Ist dieses Chinesen-Grüppchen nicht allerliebst?«

Er schaute sich den Nippes an, die kleine Frau mit dem Mohnblümchenkleid, und sagte: »Werte Dame, das ist nicht einmal harmlos.«

»Das ist Kunst«, kommentierte Ralph, bevor er sie durch die Vitrine hinabsteigen ließ, weichselroten Tapeten entlang, hinein in die ominöse Teestube.

Unten war es qualmig und laut, von der Big Band vorn und den angeregten Gesprächen an den runden Tischen mit den Lämpchen. Sie wurden an einen Tisch rechts der Bühne geführt, gleich neben dem Perkussionisten, von dem Lidy Maenz später sagen sollte, das sei der berühmte Billy Gladstone gewesen, eine tragbare Trommel um die Lenden. Seine Trommelschläge habe sie am ganzen Körper gespürt, durch den Sitz hinauf bis in die Schläfen. Aber vielleicht sei es auch wegen der Drinks gewesen. Sie bekamen Algonquin, Monkey Gland mit Absinth, und Rum-Cocktails mit Ananas und Grenadine. Lidy nahm ihre Maraschino-Kirsche am Stil und meinte, sie pochen zu sehen, mit zuckrigem Schimmer. Sie rief diese ungeheuer lustige Tatsache unverzüglich hinaus, mit überdeutlicher Artikulation, sodass sich ihr Filmpirat zu ihr beugte und auf ihren Mund schaute, denn verstehen konnte er nichts. Und Lidy redete weiter, formte die Laute, denn sie wusste um den Reiz dunkelroter Frauenlippen auf den modernen Mann, den Reiz des übermalten Amorbogens, des Kirschmunds mit den hell gepuderten Mundwinkeln.

Ihre Begleitung hatte verschwitzte Schläfen, lockerte nun die Krawatte, und es soll Lidy gewesen sein, die Avis zum Tanz aufforderte. Sie tanzten zu »When The Day is Done«.

In ihrem goldenen Kleid hatte Lidy etwas Statuenhaftes, sie besah sich in den großen Spiegeln, sah auch die Hand ihres Partners unter ihrem linken Schulterblatt. Er drehte sie schnell, sodass alles ringsum undeutlich wurde, rotgoldene Schraffur mit ein wenig Grün. Erst waren sie ganz außen, bei den Schnellen, dann zwängten sie sich zwischen die Paare, rückten so näher aneinander und ins Zentrum der Tanzfläche, wo es langsamer zu- und herging.

Bei »You'd Be Surprised« tanzten sie Wange an Wange, und Lidy riss ihren Kirschmund auf und sang mit:

*»He isn't much in the light,*
*but when he gets in the dark,*
*you'd be surprised!«*

Und alle Tänzer schauten auf die beiden, oder zumindest schien es Lidy so, dass alle in ihnen ein Liebespaar sahen, ein mondäner *Match*.

Erst beim Ausgang bemerkten sie ihre Trunkenheit. Sie sah ihn ganz verschwommen, er zählte das Geld mehrfach heraus, als könne er die Scheine nicht auseinanderhalten. Er machte lustige Verbeugungen und rief etwas, mit heiserer Stimme, stürzte mit Lidy am Arm ins Freie.

Die Lichter der Auslagen spiegelten sich auf dem nassen Asphalt, Constantin umging sie wie Falltüren und zog Lidy am Arm neben sich her.

»Sie haben Ihren Hut vergessen«, rief Lidy. »Hey, Sie haben den Hut vergessen!«

»Ich hatte gar keinen Hut dabei.«

»Doch, hatten Sie!«

Er blieb stehen.

»Sie irren, ich habe keinen Hut getragen.«

»Doch, natürlich haben Sie einen Hut getragen. Ich erinnere mich ganz genau.«

»Ich mag gar keine Hüte«, sagte er.

»Er stand Ihnen aber gut!«

Er schaute verdutzt, begann zu lachen. Er lachte so herzhaft, dass sie mitlachen musste. Und sie krümmten sich beide vor Lachen, Arm in Arm, torkelten durch die Lichter der Stadt ihren eingehakten Schatten hinterher, die West 59th Street zum Columbus Circle hinauf.

»Die berühmte Reiterstatue«, rief Lidy, und während ihr Blick umherschweifte, hätten sie beinahe jemanden angerempelt. Der hochgewachsene Herr aber hielt die Arme ausgestreckt und hieß sie anzuhalten. Seine Hände fächerten Spielkarten aus, und mit dem Kinn wies er Constantin an, eine Karte zu ziehen. Ein Straßenkünstler!

»Den Trick kenne ich«, sagte Constantin zu Lidy.

»Also los«, sagte sie, »ziehen Sie eine Karte!«

Constantin legte sich die Karte auf die Brust und sagte: »Das ist die Herzdame, nicht wahr?«

Der Straßenkünstler mit dem Kajal-umrahmten Blick nickte, ohne eine Miene zu verziehen.

»Tatsächlich«, rief Constantin und wandte die Karte Lidy zu. Es war eine Herzdame, die an einer Blume roch, über der Schulter ein Fuchsfell wie das von Lidy.

»Ihr wusstet beide, dass es die Herzdame wird«, rief Lidy. »Hey, die Karten sind gezinkt! Alles Herzdamen!«

Ohne ein Wort wendete der Mann die Karten und fächerte

sie auf. Und Lidy sah, dass es gewöhnliche Karten waren: Herz, Kreuz, Pik und Karo.

Constantin legte die Herzdame in den Stapel zurück, den der Mann umdrehte und rasend schnell zu mischen begann. Er teilte den Stapel in der Mitte auf, fächerte ihn abermals vor ihnen aus.

»Das wird jetzt wieder die Herzdame sein«, sagte Constantin.

»Stopp!«, rief Lidy, »wählen Sie die!«

Constantin zog Lidys Karte und gab sie ihr.

»Herzdame, nicht wahr?«

Sie nickte.

»Ich kenne den Trick«, sagte Constantin mit breitem Lachen und griff in die Tasche, doch der Mann wollte kein Geld. Er ging ohne ein Wort.

»Sie haben ihn beleidigt.«

Constantin hob die Schultern.

»Jetzt müssen sie mir den Trick erklären.«

Da liefen sie unter der Hochbahn entlang und ihre Gesichter leuchteten im Mondlicht umso mehr auf, als sie gleich wieder in Schattenbalken verschwanden. Und als er von der Herzdame sprach, entglitt Lidy der triviale Sinn seiner Worte und sie lauschte nur noch der Stimme, ein elastisches Dröhnen ganz nahe, fern, nahe, fern; und sich selbst hörte sie wie von einer alten Schallplatte, rundum unzählige platzende Staubkörnchen. Gab es sie denn wirklich?

Der Absatz ihres teuren Schuhs blieb in einem Gullydeckel hängen, sie hüpfte zwei Schritte weit auf dem anderen Fuß.

»Seien Sie vorsichtig!«, rief sie Constantin zu. Sie verfolgte, wie er auf die Knie ging, mit seiner beigefarbenen Hose auf dem nassen Asphalt, und mit den Fingern im Gullydeckel stocherte, dann im Schlamm darunter, den Schuh behutsam herauszog und mit dem Daumen über den Absatz fuhr, fast schon zärtlich.

»Alles gut«, sagte er, »nichts passiert, sehen Sie?«

Lidy streichelte die Füchse, selig beschickert. Und ihr war, als würde sie ihren Schuh auf Avis' breiter Hand zum ersten Mal sehen. Wie schön er war, dieser Absatz mit der konkaven Kurve, nach unten hin verbreitet. Ihr schicker Schuh! Und dieser Mann mit den großen, sorgsamen Händen wischte den Absatz nochmals an seiner Jacke ab und streifte ihr den Schuh über, zog auch die Schnalle zu.

»Schenken Sie Ihrer Dame einen Veilchenstrauß«, sagte ein Mädchen dicht bei ihnen, einen Korb voller Veilchensträuße bei sich, und Avis griff in seine Jackentasche.

»Wohin darf ich Sie begleiten?«, fragte er Lidy im Taxi.

Sie roch an den Veilchen und nannte die Adresse der Pension. Er hatte sich zu ihr vorgebeugt, so nahe, dass sie meinte, er würde sie küssen, und sie wiederholte laut für den Fahrer: »West 31st Street, zwischen Fifth und Sixth Avenue.«

»Wohnen Sie nicht bei Ihrem Vater?«

Ihr Vater wohne in Hutchinson, Kansas.

»In Hutchinson?«, fragte er. »Weshalb in Hutchinson?«

Sie hob an, von Hutchinson zu erzählen, auch Salt City genannt. Der mondäne Mensch habe diese Sehnsucht nach dem Land und der Natur, und sie komme halt von da und wolle sich für ihre Herkunft nicht schämen, dass sie also eine Landpomeranze gewesen war, bevor sie ein City Girl wurde. Da überfiel sie ein Lachkrampf. Sie lachte, den

Kopf im Nacken, auf die Füchse, und lachte, dass es sie fast würgte.

Wie Avis »Hutchinson« ausgesprochen hatte! Er verwechselte sie wohl mit Cara Milner, wollte eigentlich zu deren Vater, dem Galeristen!

Nun war sie hellwach. Wie genierlich!

»Ich bin nicht Cara Milner, falls Sie das dachten«, sagte sie lachend und blickte in seine geweiteten Augen. »Es tut mir leid.«

»Keine Ursache«, stammelte er, »gar keine Ursache, Miss …«

»Lidy Maenz, Assistentin! Und Sie sind Künstler, nicht wahr?«

Er bejahte umstandslos. Da lachte sie weiter, »oje!«

»Es tut mir leid«, flüsterte sie, als sie ausstieg, »wirklich sehr leid.«

Bei der Tür zu ihrer Pension drehte sie sich um und wollte ihm zurufen, dass Max Milner vergangene Woche verstorben sei.

Sie schickte Avis stattdessen einen Luftkuss.

# 4

Die Vormittage im Hotel Metropole verbrachte Dora abwechselnd am Schreibtisch, auf ihrem mit der Tagesdecke bezogenen Bett und auf dem Balkon, wo sie die metallene Ablage aufklappte, den Stuhl zurücklehnte, auch den Stuhl gegenüber, der Ordnung halber. Das Mobiltelefon hatte sie tatsächlich in den Hotelsafe gelegt, so sollte sie nichts mehr stören.

Das Schreiben ging ihr leicht von der Hand. Wörter flogen ihr zu, Sätze, Rhythmen. Sie schrieb sich in einen Rausch – ein schneller Tanz, in heimlicher Freude über ihre Allmacht, jeden Akkord und auch jeden Schritt in diesem Raum vorherbestimmt zu haben.

Sie lief in Bildern mit Constantin durch New York, und das Licht war so grell, dass sie nicht sagen konnte, ob es sonnig war oder bewölkt. Sie redete und gestikulierte wie bei ihren Vorträgen.

»Gewiss«, sagte sie, »hätte ich durch eine umsichtige Auswahl überlieferter Zeugnisse aus deinem Leben diese Geschichte im Kielwasser bestehender Werkinterpretationen einfahren können, nicht wahr? Oder, noch verlockender: Momente herausfischen, die auf die aktuellen Moden hinweisen, dich sozusagen als Vorreiter der aktuellen Diskurse darstellen.«

Sie erwartete keine Antwort von ihrer Hauptfigur. Und doch sah sie sich in Gedanken mit Avis auf dem Gehsteig in New York, in den Augenwinkeln ihre Spiegelung in den Schaufensterscheiben. Avis riss sie am Arm von der Straße zurück, aus der Schusslinie eines vorbeibrausenden Automobils.

»Vorsicht!«, rief er. »Den Kopf in den Wolken?«

Eine pausbackige Frau schüttelte den Kopf, auch deren Begleiter mit dem Newsboy-Cap, während Constantin wie ein Held in einem alten Piratenfilm lachte.

»Du bist fast überfahren worden«, sagte er zu Dora.

Das wäre was, dachte sie an ihrem ligurischen Schreibtisch, überfahren in einem künstlerischen Tagtraum!

Sie bedankte sich.

Eine Weile sagte sie nichts, lief neben Constantin her und ließ ihn selbstvergessen summen. Sie gingen im selben federnden Schritt, quetschten sich an Leuten vorbei, und in den ruhigen Seitengassen erklang Constantins Summen lauter; und Dora schaute auf den Boden und merkte sich jeden platt getretenen Stummel und jede aufliegende Zeitung, jedes Rinnsal aus Seifenwasser und die nassen Fußspuren, die dazugehörten, und auch die mit Kreide gezeichneten Kästchen für Himmel und Hölle, und dass es Frühling war in den Bäumen. Und sie merkte sich alles, was sie vorzufinden erwartet und wofür sie Worte bereit hatte, und auch Weiteres meinte sie sich zu merken, solches, das ihr später einmal bewusst werden sollte, auf Papier, wenn sie es niedergeschrieben haben würde.

»Eine Geschichte wie meine«, sagte Constantin unverhofft. »Es gibt sie nur in Büchern. Aber so unglaublich sie auch klingen mag, sie hat sich tatsächlich so zugetragen.«

»Am Ende, mein Lieber, ist es für die Literatur unwichtig, ob eine Geschichte passiert ist oder nicht«, sagte Dora. »Sei unbesorgt.«

»Selbstverständlich ist mein Leben unwichtig«, sagte Constantin. Und er verzog den Mund zu einem breiten Lächeln wie ein sympathischer Held, mit weißen Zahnreihen und dem damals modischen, dünnen Schnurrbart. »Ich bin ja nur die Muse. Oder wie heißt die männliche Variante?«, fragte er und fasste Doras Hand im Gehen. Es war der feste Griff einer trockenen Hand, wie das enge Samtfutter eines Handschuhs, erst kühl, dann immer wärmer. Dora ergriff nun die Stuhllehne mit ganzer Kraft. Dann legte sie ihre Hand in den Schoß.

Sie schaute über die Balkonpflanzen hinab zu Loris, der zurück war vom Meer und auf dem Rasen bei der Terrasse mit einem weißen Pudel spielte. Macedonia stand beim Tisch und sprach mit einer alten Dame, angeregt und mit großen Gesten. »Maduro«, hörte Dora die alte Dame rufen, oder »Arturo« – und Macedonia lachte beherzt und gab eine unverständliche Antwort, die wiederum die alte Dame zum Lachen brachte.

Macedonia, die weder Italienisch noch Deutsch, Englisch oder Französisch beherrschte, schien alles zu begreifen, und sie besaß diese erstaunliche Fähigkeit, sich mit ihrem Kauderwelsch verständlich machen zu können. Sogar auf der Piazza del Sole, auf der Promenade, wo sie mit Loris bis zu den Knöcheln ins Meer ging und Steine sammelte, unterhielt sie sich mit allen, ob Kinder, Mütter oder Rentner; sodass sie auch jetzt mit Dora, am zweiten Tag ihres Aufenthalts, auf dem Weg zum Restaurant mehrfach begrüßt wurde – »*Ciao, bella, come stai?*« –, worauf sie mit ihrem fröhlichen Wortsalat antwortete.

Anders verhielt es sich, als es zum Ordern der Mahlzeiten kam. Macedonia hatte schon am ersten Abend wortgenau und mit korrekter Betonung alles wiederholt, was Dora für sich und Loris bestellt hatte, um anschließend auf die am Nebentisch erspähten Artischocken nach römischer Art zu deuten – im Topf geschmort, mit Knoblauch, Petersilie und Minze. Sie hatte sich sofort den Namen des Gerichts gemerkt, *Carciofi alla Romana*, und bestellte es nun zu Mittag.

Dass sie mit Santa Lucia ihr Stammlokal gefunden hatten, schien abgemachte Sache. Die Atmosphäre war familiär, das Essen frisch, lokale Gerichte, überhaupt befand sich das kleine Restaurant in bester Lage auf der Promenade: Die Tische standen in einem Glashaus jenseits des Bogengangs zum kleinen Lokal hin, mit Sicht auf das Meer und auf eine riesige Zeder, aus der scharenweise Schwalben hinein- und wieder hinausflogen, mit schrillem Pfeifen. Die Leute unterhielten sich in gemäßigtem Ton, und Dora vernahm alle Geräusche in langsamer Kadenz, auch das Aufheulen und das Gebrumm der Motorräder die Promenade entlang, über den Hügel davon. Hier wurden die Gäste nicht mit den Liedern des Sanremo-Festivals beschallt, wie das in den anderen Lokalen der Fall war. Von überall sonst im Ort hallte dieser eine Refrain, der ihr zum störrischen Ohrwurm geworden war: »*Nudo con i brividi/ A volte non so esprimermi …*«

*Brividi* hatte sie sich auf dem Handy übersetzen lassen, es hieß »Schüttelfrost«. Also: »Nackt mit Schüttelfrost / Manchmal kann ich mich nicht ausdrücken …«

Da musste sie den Kopf schütteln, als erwarteten die Zuhörer des Liedes einen Kommentar von ihr, der Schriftstellerin. Nun denn: Bitte keinen Schüttelfrost zur Mittagszeit, nur pralle Sonne! Sie brauchte auch Pausen von der Arbeit.

»Schau, Loris, die gelben Vorhänge dort, wie schön sie aus dem Fenster flattern!«

»Wie auf einem Schiff, Mami!«

»Genau! Im frischen Fahrtwind.«

Sie wollte ihren Sohn küssen, hielt sich aber zurück, denn er hatte begonnen, sich vor anderen Leuten zu genieren. Wie feinsinnig er war, mit seinen acht Jahren, ein kluger Junge! Die gelben Vorhänge könnte sie in den Roman einbauen, gelbe Vorhänge im frischen Fahrtwind … auch die im Wind flatternde Wäsche, die streunenden scheuen Katzen …

Loris machte seine Mutter auf das Gesicht seines Kindermädchens aufmerksam, auf dem die Nase und die langen Wimpern Schatten warfen auf die Wange, die in der Sonne glänzte.

»Macedonia, da ist Kunst in deinem Gesicht! Picasso! Mach ein Foto davon, Mami, schnell!«

Dora wischte über das Display ihres Mobiltelefons, dabei auch gleich die Nachrichten von Regis weg, und fotografierte Macedonia gerade noch rechtzeitig, bevor einer der Kellner die blau-weiß gestreifte Markise über dem Glashaus ausfuhr und die Schatten in Macedonias Gesicht verschwanden. Das Licht wurde weich, mit rötlichem Schimmer, die italienischen Gäste behielten dennoch ihre Sonnenbrillen auf, auch beim Essen. Das fand Loris lustig, Nudeln konnte man also auch so essen. Und Dora nickte ihm zu, erfreute sich an seiner Freude am Beobachten. Er war glücklich! Sie lehnte sich an, selbst glücklich, und auch ermattet, und schaute aufs Meer hinaus und auf die Motorräder, die vorbeizogen wie kleine, blendende Spiegel.

Allmählich verschwand der Eingang des Lokals im Schatten. Die beiden Kellner sah sie erst, wenn sie aus dem Schatten des Bogengangs wieder ins Glashaus eintraten. So wusste sie auch nichts von den noch lebenden Langusten im Schaufenster des Lokals, die sich in den Eiswürfeln drehten und gelegentlich vom Regal fielen, zwischen schmucke Ananasfrüchte und in Frischhaltefolie gewickelte Schüsseln mit Vanillecreme und Tiramisu. Loris bemerkte die Langusten, als er sich die Hände waschen ging, und rief Dora herbei.

»Der Krebs da unten, Mami! Er bewegt sich!«

Das eine rotbraune Krebstier, das auf der Seite lag, neben der Ananas, streckte langsam ein Beinchen aus.

»Lassen wir ihn, Loris! Der schläft.«

Aber Loris ließ sich nicht wegziehen.

»Er schläft nicht, seine Augen sind auf.«

»Stimmt, Loris … Aber, weißt du was? Der schließt die Augen gar nicht.«

Sie ging in die Hocke, legte einen Arm um die zartgliedrigen Kinderschultern. »Das sind andere Augen, Loris, zusammengesetzt aus Zehntausenden von Augen. Die heißen Facettenaugen. Fa-cet-ten-Augen! Komm, ich zeichne sie dir auf!«

Loris blieb stehen.

»Sieht er wirklich mehr als wir?«

»Ja, Loris. Den Pizzaofen da hinten, die eingerahmte Zeitung an der Wand, die Mädchen da und auch Macedonia, die jetzt allein dasitzt und auf uns wartet.«

»Und das Meer dahinten.«

»Ja, das Meer und die Möwen, die wir mit Focaccia füttern können. Komm!«

»Ich glaube, der stirbt gerade.«

Dora neigte sich zu Loris, legte ihre Wange an seine und schaute ins Schaufenster. Die Kiemen der Languste bewegten sich noch, zarthäutige Blätter, leise winkend. Die Wange des Jungen war heiß, aber er weinte nicht.

»Das ist die Natur, Loris. Er hat Schnecken und Muscheln gegessen und jetzt wird er selbst gegessen, von diesen Leuten hier mit den komischen Brillen. Komm!«

»Aber nein, Mami, geh nicht«, jammerte Loris. »Der liegt da und plagt sich.«

»Nein, Loris«, sagte sie und zwinkerte sich die Tränen zurück. »Der plagt sich nicht, glaub mir. Er schaut nur herum. Und wenn man so viel sieht wie er, auch so viele Farben, viel mehr als wir, dann ist alles gar nicht so schlimm.«

Doch als sie zum Tisch kamen, löste sich Loris von Dora und griff nach Macedonias Hand. Und ehe Dora dem Kindermädchen ein Zeichen geben konnte, folgte diese Loris ins Lokal, an den beiden beladenen Kellnern vorbei.

Das Essen wurde gebracht, drei große Portionen Artischocken nach römischer Art, und die Kellner stellten die Teller und die Getränke feierlich auf den Tisch: »*Chinotto con ghiaccio e limone, acqua minerale e un bicchiere di vino rosso per la signora.*« Dora nahm das Glas Rotwein entgegen und legte es vorsichtig ab, neben Loris' schönsten Stein des Tages, glatt und grau, mit hellen Äderchen. Und als sie aufschaute, sah sie ihren Sohn mit Macedonia, die ein weißes Bündel trug, hinter ein paar schnell vorbeiratternden Motorrädern über die Straße eilen, zum Meer.

# 5

Mit leichtem Schwindel schaute Constantin Avis von seinem Fenster hinab auf den morgendliche Betrieb auf der Kreuzung, versuchte, Strömungen auszumachen, Stöße und Rückläufe, die Harmonie eines Models. Das Fenster hatte sich nach oben geöffnet, wie auf dem Schiff, und die gelben Vorhänge flatterten hinaus, im frischen Seewind. Ein Lichtermeer von kleinen Autohauben, größeren Vierecken von den Elektrischen oder Omnibussen, dazwischen Menschen, auch einzelne Pferdekutschen, und auf der gleißenden Seitenstraße links, der 9th Avenue, Fußgänger und ihre langen Schatten mit Hut.

Eine Trillerpfeife hallte bis hinauf ins zwölfte Stockwerk, die mahlenden Geräusche der Moderne, Rattern und Brummen und ein schleifendes Quietschen; immer wieder auch diese Obertöne, ganz nahe. Eine Einsiedlerdrossel! Das konnte nicht möglich sein, weit und breit sah er keine Bäume, und auch die Frontseite der hohen Häuser waren glatt und ohne Rückzugsort gebaut; hofseitig sah er auf den flachen Dächern nur Wäsche, die im Wind flatterte, und streunende Katzen. Dabei hörte er die Einsiedlerdrossel glasklar.

In seinem Traum war das Gezwitscher derart präsent gewesen, dass er sich wach gewähnt hatte. Er hatte am Seil gehangen, im Schacht, in dem der Vogelgesang hallte. Wie er da wohl hingekommen war? Eben noch war er durch die Stadt gelaufen mit dieser berauschend schönen Frau im güldenen Kleid. Hing das Seil aus ihrem Fenster herab? Oder aus seinem? »Gott, möge ich träumen!« Aber er konnte nicht geträumt haben, sagte er sich, denn er hatte die Vögel ganz deutlich vernommen, er konnte sie allesamt ausmachen: von der Feldlerche, die gegen vier Uhr morgens singt, über die Drossel, die Amsel, dann auch den Star und die Spatzen.

Dem Gesangsauftritt nach musste er fast anderthalb Stunden am Seil gehangen haben, auf ein Zeichen wartend, für seinen Einsatz, unschlüssig, ob er hinauf- oder doch eher hinuntersollte. Hände und Schenkel brannten vom festen Griff und der Umklammerung, und dann klang die Einsiedlerdrossel mit ihrem Gesang so hoch, dass es ihn am Nacken hinaufzog. Und er wusste: hinauf, immerzu hinauf!

Allein, als er sich zur Bewegung aufbäumte, schwang er aus und prallte gegen die Wand, rollte ab auf dem kratzigen Verputz. Was das wohl zu bedeuten hatte?

Von den Dächern rundum stiegen weiße Rauchsäulen in den hellblauen Himmel auf. Es sollte ein glorreicher Tag werden, das schien ihm sicher, denn ihm war feierlich zumute, trotz des leichten Katers und des Fernbleibens seines Galeristen, auf dessen Einladung hin er doch über den Ozean hergereist war.

Er griff zum Hörer, ließ sich mit Milners Wohnung verbinden, 690 Park Avenue.

Nach längerem Klingeln antwortete eine junge Frauenstimme, wahrscheinlich das Dienstmädchen. Miss Milner sei vormittags nicht zu sprechen. Er aber wollte ohnehin Herrn Milner sprechen.

»Rufen Sie bitte später an«, sagte das Dienstmädchen und legte auf.

Er pfiff ihr amüsiert hinterher.

Leise vor sich hin pfeifend, packte er seine Koffer aus, erledigte die Morgentoilette und kleidete sich in einen beigen Zweireiher. Der leichte Schwindel hielt an.

Durch die Wand hörte er die Nachbarn rufen, stampfen und Möbel verschieben, vor allem die eine Frau über sich, die sich wohl für einen längeren Aufenthalt einrichtete, rief nach jedem Schieben: *»No! Mio Dio, no!«* Sie lief mit ihren Stöckelschuhen auf und ab, tok-tok, tok-tok.

Ob sie hübsch war? Ganz gewiss.

Er klopfte zur Begrüßung auf das Wasserrohr im Bad, richtete sich andächtig die nach hinten gekämmten Haaren und den kleinen Schnurrbart, besprühte sich ausgiebig mit Eau de Cologne, parfümierte auch sein Taschentuch.

Bevor er mit Spazierstock und Hut hinauslief, zog er das Nachttischchen aus dunklem Nussbaumholz ans Fenster und setzte seinen Vogel aus gelblicher Bronze darauf. Viel Vergnügen in New York, mein Lieber!

In der Tür blieb er stehen und schaute nochmals auf den Vogel, dessen Leib ihm von den Fingerspitzen der gestreckten Hand bis zum Ellenbogen reichte und sah, wie der Vogel sich in den neuen Raum reckte, immer weiter hinaufstreckte.

Auf dem polierten Vogelleib spiegelten sich ferne Muster des Fensters, des Schranks, Betts und Lavabos, und im Türrahmen er selbst, der kühne *Prince paysan* Constantin Avis, ein hell aufleuchtender Streifen.

Wie sich wohl sein Galerist Max Milner darin spiegeln würde? Und wie Milners Entourage, Künstler, Industrielle, ihre Kunst und ihr Plunder?

Er unterließ es, Milner ein weiteres Mal anzurufen, und machte sich auf, wie er später in sein Tagebuch notieren sollte: *Es zog mich hinaus und wieder zurück, und ich gab mich den Wegkapriolen hin, der göttlichen Lenkung, frei von trivialer Ungeduld.*

Mehrfach also kehrte er zu seinem Bronzevogel zurück und beschaute das kleine Hotelzimmer darin, das sich so zum festlich glimmenden Königsgemach weitete.

Er schob den Vogel samt dem dunklen Sockel umher, notierte die Veränderungen im Raum, zeichnete Pfeile, schrieb Zahlen und notierte Stimmungen in abgekürzten Begriffen, über deren genaue Bedeutung späte Kunstkritiker nur mutmaßen würden.

Als er nun endlich ganz draußen war, auf den Treppen des Hotels, fiel sein Blick auf einen größeren Stein, der einen Zeitungsstapel beschwerte. Einen Flussstein, glatt und grau, mit hellen Äderchen, beige wie das Zeitungspapier darunter. Er lag auf der *Herald Tribune*, hinterließ eine kleine Einbuchtung, rundherum Nachrichten vom Ende des Rifkrieges, dem Putsch in Polen, der glücklichen Landung eines Luftschiffs auf dem Nordpol.

»Entschuldigen Sie«, sagte ein Herr mit umgehängtem Fotoapparat, »ist Miss Alba Fantoni in diesem Hotel abgestiegen?«

»Die Schauspielerin?«, fragte er zurück.

»Ja, die gestern aus Europa angekommen ist mit der *Mauretania*.«

»*Die Frau im Mond, Sklavin der Sinne, Sappho?*«

»Genau!«, rief der Mann. »*Milly, Die Flamme, Isis – Göttin des Lebens, Verbotenes Paradies.*«

»Ja«, sagte Constantin, »eine großartige Künstlerin.«

»Die allergrößte«, sagte der Mann. »Ist sie hier?«

»Das ist mir leider nicht bekannt.«

Der Herr empfahl sich und hob den Hut. Und auch Constantin hob den Hut und dann den Stein auf, hielt ihn in den Armen wie ein Kind, ging damit zum Aufzug zurück, an dem verdutzten Liftboy vorbei, der im Gedränge der Gäste rief: »*Up! Up!*«, der Aufzug fahre nach oben, und mit nasaler Stimme: »*Watch your step, Gentlemen!*« Achtung, Stufe, die Herren!

Als Letzte stieg eine Dame zu; die Männer wichen zurück, nahmen den Hut ab und fuhren barhäuptig weiter. Ihre straff nach hinten gekämmten Haaren glänzten im Licht der Aufzugslampe. Aus den Augenwinkeln schauten die Herren auf Constantin, der als einziger seinen Hut aufbehielt, vom Liftboy mit dem roten Pillboxhut abgesehen. Constantin wog den Kopf auf die Seite, aber der Hut blieb auf. Den schweren Stein in den Händen, beugte er sich nochmals seitlich, dann leicht vor und machte eine brüske Kopfbewegung, damit der Hut vom Kopf fiel. Dabei stieß er gegen den Kopf der Dame, die entweder groß gewachsen war oder sehr hohe Absätze trug.

Als sie sich umdrehte, um Avis' Entschuldigung entgegenzunehmen, meinte er, eine Filmszene vor sich zu sehen – eine Liebesszene. Dieser ovale Kopf mit den kurzen, in Wasserwellen gelegten Haaren, schwarz, mit weißer Lichtäderung wie polierter Onyx, der lange Hals und die steinerne Miene einer allerersten Begegnung, eine Miene, die sich im Lauf des Films so sehr wandeln würde, nicht wahr?, um bei aller Veränderung dennoch gleich zu bleiben, unverkennbar: Die große Schauspielerin Alba Fantoni!

»Keine Ursache«, sagte sie trocken und mit der Stimme seiner Nachbarin, die mit dem *»No! Mio Dio, no!«*

Die Frau im Mond, Sklavin der Sinne, Sappho …

In seinem Zimmer legte er den Flussstein auf den Stuhl, dann auf den Boden, schließlich aufs Bett; er drehte ihn mehrmals. Er meinte, eine Nase darin zu erkennen, die ungewöhnliche Nase der göttlichen Alba Fantoni: lang, schmal, mit der Nasenspitze hinabzeigend.

Er vergaß sich in der Kontemplation der Nase, die er herausschälen würde aus dem Stein. *»Mio Dio!«* Er sah auch das wohlgeformte Ohr mit dem zarten Ohrläppchen, die Haare, das Köpfchen auf die Hand gestützt. Behutsam zog er die Bettdecke darüber.

# 6

»Loris, weißt du, was Basorexie ist?«

»Ja«, rief das Kind in fröhlichem Alarm und zog sich die Decke bis unters Kinn.

»Dann pass auf!«, rief Dora und kletterte übers Bett, verhedderte sich im langen Nachthemd.

Da sprang das Kind aus der Deckung, drückte ihr schmatzende Küsse ins Gesicht. »Kusszwang ist das!«, rief es lispelnd, »Kusszwang!« Und versteckte sich wieder.

»Bitte, was?«, rief die Mutter unter die Decke und versuchte, seine Nasenspitze und Bäckchen zu küssen.

Es gluckste in die Kissen, drehte der Mutter den Nacken zu, woran sie immer schnupperte, reichte ihr die kleine Handfläche, dann auch den kitzligen Fuß.

»Der schönste Fuß der Welt ist das«, rief die Mutter. »Der schönste Fuß, Loris! Wie von einer griechischen Statue!«

Unverhofft richtete sich der Junge auf, das Gesichtlein in Sorge verzogen.

»Psst«, sagte er der Mutter, die ihm die Hand mit den abgebissenen Nägelchen aus dem Mund nahm und sie mehrfach küsste, leise.

»Was ist?«, flüsterte sie, hörte es aber auch: aufgeregtes Sprechen im Nebenzimmer – das Kindermädchen am Telefon.

»Das ist nur Macedonia«, sagte sie.

Der Junge nickte. »Ich weiß.«

Er wollte nicht mehr geküsst werden. Genierte sich … wurde älter. Über der Oberlippe des Achtjährigen war schon ein Flaum zu erkennen.

»Soll ich dir etwas vorlesen?«, fragte Dora.

Loris zuckte mit den Schultern.

Sie zählte ihm die Bücher auf, die sie zusammen ausgesucht hatten für die Ferien: *Theo liebt es bunt*, *Der Urwald hat meinen Vater verschluckt*, *Piraten im Garten*, *Pablo Picasso*, *Ein Käfig ging einen Vogel suchen*, *Rendezvous mit einem Oktopus*, *Die Vogeluhr* …

Bei jedem Buch sagte er Nein.

»Oh, Loris! Ich würde so gerne mit dir lesen!«

Sachte legte sie den Kopf an seine kleine Brust, ließ sich die Wange von ihm streicheln.

Er kenne hier eine alte Dame, sagte er nach einer Weile; die könnte interessant sein für ihren Roman. Sie habe auch einen kleinen Hund, so einen kleinen, flauschigen. Er wolle auch endlich einen Hund haben …

»Ja, ich weiß.«

»Also ja?«

»Ich weiß nicht, Loris …«

»Bitte, Mami!«

»Ein Hund ist kein Spielzeug.«

»Als ob ich das nicht wüsste!«

Dora hielt sich zurück, ihn zu küssen. Wie schön er sich ausdrücken konnte! »Als ob ich das nicht wüsste«. Auch so gelispelt … Sie mochte sein Lispeln! Und sie musste an die Schullogopädin denken, mit den schmalen roten Lippen, wie sie auf der Straße an ihr vorbeilief, mit geschäftiger Miene. Und sie war ihr plötzlich gram, wie sie auch diesem Kindermädchen gram war, das laut redete in ihrem Sprachgemisch und durchs Nachbarzimmer tigerte.

»Ah, Loris«, sagte sie und wollte ihn schon wieder küssen. Auf der Nasenspitze hatte er einen glänzenden Punkt.

»Ein Hund ist eine große Verantwortung«, sagte sie, »da musst du dich jeden Tag um ihn kümmern. Du kannst nicht mehr ohne ihn in den Urlaub fahren. Dann bist du gebunden.«

»Ich weiß«, sagte der Junge. »Ich kann mich gut kümmern. Glaub mir!«

»Sein Leben lang musst du dich kümmern, Loris. Auch wenn er alt ist und krank. Bis er stirbt.«

Er schaute sie an, mit geweiteten Augen, sagte leise: »Ja, ich weiß.«

Dora schaute auf ein Büschel Haare, das elektrisch geladen von seinem Kopf abstand, zwinkerte die Tränen zurück.

Wieso sprach sie so mit ihm?

Sie war gereizt wegen ihrer Arbeit. Manchmal, wenn sie schrieb, war sie gereizt anstatt glücklich, wie sie es sein sollte. Aber wozu dann noch Kunst?

In Zürich würde sie Loris einen Hund besorgen.

»Kommt ein Hund in deinem Buch vor? Oder wenigstens eine Katze?«

»Sicher eine Katze, Loris! Ich werde schauen, dass eine Katze vorkommt.«

»Aber es muss ihr gut gehen, Mami, ja? Du darfst sie nicht überfahren lassen oder so!«

Wieso sagte er das?

Sie würde ihm unbedingt einen Hund holen, aus dem Tierheim, einen Dackel, den sie überall mitnehmen würden. Oder einen Labradoodle, der freundlich war und nicht haarte.

»Bei mir geht es allen Tieren gut«, sagte sie großspurig.

»Gut, Mami«, sagte er. »Ich vertraue dir.«

Sie schauten sich an und mussten beide lachen.

Sie nahm ihn in die Arme, küsste ihn auf die Stirn, strich seine Haare zurecht.

»Du hast Sommersprossen bekommen, ganz kleine.«

»Wo?«

»Hier, auf der Nase. Warte, ich zähle sie! Vier, fünf …«

»Gehen wir schwimmen«, sagte er.

»Das Schwimmbad ist aber geschlossen.«

»Dann gehen wir im Meer schwimmen«, sagte er.

»Jetzt?«

»Ja, jetzt.«

Er schaute sie an, mit breitem Lächeln und seiner Zahnlücke, die ihn so fröhlich aussehen ließ und die sich bald schließen würde, mit dem Durchbruch der seitlichen Schneidezähne.

Und sie sagte nur: »Gut, gehen wir schwimmen!«, stand auf und ging zum Schrank, um die Kleider zu holen.

Es war nun still im Nebenzimmer, Dora hörte sich in Plastiktüten kramen. Sie hatte noch schreiben wollen, würde morgen vergessen, was sie heute festhalten wollte. Wo hatte sie nur die Wollsocken? Sie holte auch Thermohemden und Loris' Kapuzenpullover.

Als sie aus dem Bad kam, mit den Tüchern, lag er da, reglos – er war eingeschlafen.

Sie würde sich an den Schreibtisch setzen können für einige Stunden. Sie blieb eine Weile vor dem Bett stehen, um Loris' Atem zu horchen.

# 7

Nachmittag; Vögel waren im Stadtlärm keine zu hören, sonst hätte er die genaue Uhrzeit angeben können. Nachdem er zu Mittag gegessen, nicht sehr schmackhaft, kurz neben seinem Stein eingenickt, und sich im Traum die wirren Vorwürfe einer Pariser Geliebten angehört hatte, ließ er sich wieder mit dem Milner-Haus verbinden.

Während er auf die Verbindung wartete, hörte er Miss Fantoni im Zimmer über ihm schimpfen, mit krächzender Stimme, und fast unhörbar dazu eine tiefe Männerstimme, die sie wohl beruhigen wollte. Miss Fantoni lief hin und her, dass es an die Decke hämmerte, tok-tok, tok-tok.

»Mein Liebster«, rief plötzlich Miss Milner am anderen Ende der Leitung und setzte an, wie ein Wasserfall loszureden: »Du bist der Prinz, nicht wahr? Der europäische Prinz! Oh, mein armer Lieber, du tust mir so leid! Pa ist tot! O ja, furchtbar, ich bin untröstlich. Aber keine Sorge, mein Lieber, ich kümmere mich um dich. Ich habe keine Ahnung, was Pa alles vorhatte mit dir, aber ich kümmere mich darum. Komm bitte morgen Abend vorbei, wir machen ein Abschiedsfest für Pa! Und falls du noch ein Kunstwerk mitgebracht hast: Du kannst alles in die Galerie bringen. Lidy Maenz ist da, auf sie ist Verlass!«

Zu allem sagte Avis nur »Ah« und »Oh«, und er wusste hinterher gar nicht mehr, ob er kondoliert hatte, denn ihn hatte unverhofft ein irrer, peinlicher Lachkrampf überkommen. Er hatte gerade noch die Hand auf die Sprechmuschel legen können, würgte das Lachen hinunter. Als er sich verabschiedete, hatte er deshalb eine jaulende, keuchende Stimme: »Bis morgen, Miss Milner. Bis morgen«. Möglich, dass Miss Milner gedacht hatte, er weine. Und Avis hoffte, sie hatte nicht gedacht, er weine um sich selbst, weil er jetzt ohne Förderer war. Und ohne Einzelausstellung …

Während er seine ferne Spiegelung auf dem Leib des Bronzevogels fixierte, hörte er seine Nachbarin schimpfen und schreien, enthemmt, mit heiserer Stimme. Und er fühlte eine Hitze in der Brust, als würde er selbst schreien, als würden diese Schreie von ihm ausgestoßen, Schreie, die seinen Schmerz über die verpasste Ausstellung in Amerika linderten, Schreie, die die Starre, in die er mit der Nachricht von Millners Tod verfallen sein musste, aufhoben. Miss Fantoni schrie für ihn, sie schrie aus ihm heraus, und er verstand nur: »*Mi uccidi!* Du tötest mich, Arturo!«

Er sprang auf, fasste sich an den Kopf, wollte sich fassen. Und nun hörte er auch den Mann rufen: »*Oh no, Alba! No!*«

Etwas Schweres schlug gegen die Wand, mehrfach, prallte gegen Constantins Decke.

Dann war es still.

Ohne zu überlegen, rannte Constantin hinaus auf den Flur, zur Spindeltreppe vor, wie sein Nachbar in Socken und mit herabhängenden Hosenträgern.

Sie schauten beide hinauf.

Der elegante Herr, der hinunterkam, hob im Vorbeigehen den Hut.

»Sorry«, sagte er verschämt, »sorry!«

Sie grüßten zurück und sagten: »Keine Ursache.«

»*No problem at all!* Wirklich keine Ursache!«

Sie schauten ihm hinterher, ein dunkler Hut, der sich in der Menge anderer Hüte verlor.

»Die Hotels hier sind viel zu hellhörig«, sagte der Nachbar zu Constantin.

»Ja«, sagte auch Constantin, »die haben sehr dünne Wände.«

»Aber imposant sind sie allemal«, sagte der Nachbar.

»Absolut!«, sagte Constantin. »Absolut!«

Sie verabschiedeten sich mit Handschlag.

»Und wenn ich jetzt kurz hämmern würde?«, fragte Constantin. »Ich würde wohl alle stören …«

Der Nachbar lachte. »Sie stören hier niemanden. Das ist New York, mein Freund!«

Wenig später kniete Constantin mit seinem weißen Kittel am Boden und legte die allernötigsten Werkzeuge vor sich aus: Hammer und Knüpfel, Schlageisen, Meißel, Beizeisen und Schlegel, den Schaber und das Polierband.

»Ich werde dich da herausholen«, flüsterte er dem kleinen Frauenkopf im Stein zu.

Zärtlich legte er das Schlageisen an, begann, leise und vorsichtig zu hämmern.

Erst als er die lange, schmale Nase erblickte, die Nasenspitze so elegant hinabzeigend, setzte er das Schlageisen ab. Er wischte das sich abzeichnende Gesicht mit einem feuchten Lappen ab, hob es wieder auf sein Kissen und deckte es zu.

Und, wie so oft, entsann er sich der Stimme seiner Tante Coroi: »Dieser Junge ist verrückt! Aber er sieht so glücklich dabei aus, lassen wir ihn machen!«

# 8

Beschwingt stieg er hinab auf die Straße, begab sich in den reißenden Strom der Passanten, die von ihrer Arbeit kamen. Das elektrische Licht ging bereits an, erfüllte die Luft mit einer Gewitterstimmung.

Er bog links ab, in die 9th Avenue, beschleunigte seine Schritte, sodass er mit den frisch gebürsteten Schuhen im Rhythmus der anderen klackte, die Arme nicht mehr auf dem Rücken, sondern seitlich am Körper. Sogar eine geschäftige Miene legte er sich zu, die ihn spitziger aussehen ließ, mit einer leicht nach vorn gebeugten, aerodynamischen Haltung.

Am Tabakkiosk kaufte er sich eine Zigarre in Zellophan, mit rotgoldener Banderole, um ebenso herzhaft zu paffen wie die anderen, die in den Feierabend entlassenen Büroangestellten und Tippmamsells. Das schien ihm jetzt tröstlich; ein Tagesablauf, ein getanes Tagwerk, ein Zuhause.

Zündhölzer aber vergaß er zu kaufen, er würde jemanden auf der Straße um Feuer bitten, eine freundliche Dame oder einen Herrn bei der Busstation. Er suchte das Gedränge, marschierte wie die anderen an hell erleuchteten Läden vorbei. Vor den Herrenausstattern hielt er an und musterte sich in den spiegelnden Schaufenstern, sein doch ansehnliches Konterfei überblendet mit der neusten Mode, extravagant präsentiert an Angeln, Harpunen und Gewehren, weiter vorn Hüte und Krawatten, und exquisite Manschettenknöpfe aus Büffelhorn. Zwei untergehakte Männer hoben gleichzeitig den Hut, für ihn oder den Mann hinter ihm, und er grüßte zurück, was wiederum eine Gruppe junger Herren, die ihm entgegenkam, zum Grüßen veranlasste.

Er wurde heiterer, je länger er dahinschritt, auch mit jedem Friseursalon, an dem er vorbeikam, an den sich drehenden Glaszylindern mit den weißen, roten und blauen Streifen. Auch kam er an Bäumen vorbei, in denen schon Frühling war. Und der leichte Schmerz im rechten Arm und der Schulter, der Staub zwischen den Zähnen, das fortwährend saure Aufstoßen, von der Überfahrt und dem unbekömmlichen Essen irritierten ihn keineswegs; vielmehr vergewisserte ihn das körperliche Unbehagen seiner Diesseitigkeit, der fliehenden Eindrücke seines reichen Lebens.

Wie viel ihm doch gegeben war zu sehen und zu fassen, wie es im Volkslied seiner Kindheit hieß – seinem Lieblingslied: »*Streck die Hände aus, Junge, mach sie zum Kelch! Dass dir gegeben wird, gegeben, gegeben!*« Darauf konnte er so gut tanzen, immer schneller den Kreistanz drehen. Ta-naaa-na-na-hmm, ta-naaa-na-na-hmm …

»Kennen Sie das?«, fragte er den blinden Saxofonisten: »Ta-naaa-na-na-hmm.« Und der Saxofonist sagte: »*Yes, Sir*, gewiss«, und spielte etwas anderes, aber ebenso schönes.

Als Constantin Avis tief in der Tasche nach Kleingeld kramte, schaute ihn der Blindenhund treuherzig an. Und Constantin fand mehr in der Tasche vor, als er sich erinnerte dabeizuhaben.

»*Streck die Hände aus, Junge, mach sie zum Kelch! Dass dir gegeben wird, gegeben, gegeben … ta-naaa-na-na-hmm, ta-naaa-na-na-hmm, hopp, hopp, ya, trrrrrrrr.*«

Auch vor einem Tanzcafé hielt er an, als kenne er die Männer in der Schlange, jüngere und auch ältere, alle aber auf Arbeitssuche, er wechselte beiläufig ein paar Worte mit ihnen, aß mit ihnen Erdnüsse aus einer Tüte, rauchte seine Zigarre. Er könne ebenfalls Eintänzer werden wie sie; warum nicht? Alte Witwen umfassen, sich von ihnen umklammern lassen im Tanz. Hin und her wiegen zu sehnsüchtiger Musik … Keine Arbeit ist anrüchig, mein Freund, in allem liegt Kunst. Er zum Beispiel habe früher im Wirtshaus seines Onkels gearbeitet, sei rauf- und runtergegangen in den Keller mit Weinkelchen, pardon! Da sei der Alkohol nicht verboten, rundum gebe es Weinberge, seit Jahrhunderten. Im Wirtshaus habe man sich getroffen, und auch gut gegessen – Schafskäse mit Zwiebeln und vorzügliche, sehr deliziöse Tomaten, so groß, er hätte Figuren daraus schnitzen können, einen Bison, eine Flöte, auch die Gesichter der Gäste. Es sei ihm gut gegangen in seinem Dorf, aber dann habe es ihn weitergezogen. Hinaus, immer weiter hinaus. »Wohin genau?«, habe ihn der Onkel gefragt – ein lieber Mensch, der aber allein Begrenztheit für rechtschaffen hielt. Und er habe ihn nicht kränken wollen und ihm eine Antwort gegeben, die er begreifen konnte. »Nach Paris«, habe er ihm gesagt. »Ich muss mit meiner Kunst nach Paris!« Und dann sei er eben nach Paris gegangen. Vorerst … Sprachen seien für ihn kein Problem, er konzentriere sich einfach auf die Dinge, und dann käme auch die Sprache dazu. Es ziehe ihn immer hinaus, weiter und immer weiter, im Vertrauen auf Gott, der ihm die Begabung geschenkt habe, von der Kunst gefunden zu werden.

Ob er etwas verdienen würde mit seiner Kunst, fragte einer.

Kunst habe nichts mit Geld zu tun, antwortete er. Den Priester würde man auch nicht fragen, ob er etwas verdienen würde mit der Kirche.

Die Männer klopften ihm lächelnd auf die Schulter; und auch er klopfte ihnen auf die Schulter, zog schwungvollen Schrittes weiter, durch die Parfümwolken der eleganten Herrschaften auf der überlaufenen 57th Street, in die er einbog. Er wurde gestoßen und stieß andere an, stampfte über die vielen verwehten Zeitungen auf dem Asphalt, Petroleum und Lauge, streifte Anzüge und seidene Kleider, atmete Rauch ein und immerzu viel Parfüm, wischte sich Augen und Stirn mit dem Taschentuch, das immer grauer wurde vom Russ.

War er hungrig? Entsann er sich eines Ziels, etwa der Galerie Milner?

Er hob an, sein Lied zu summen, und die Schuhputzer schlugen dazu mit ihren Bürsten den Takt, wie ihm schien, die Automobile hupten im jazzigen Rhythmus.

*Wo bist du, Meister Satie, um mir die Spielanweisungen zu geben?*, notierte er dazu in sein Notizheft, darunter: *Vergraben Sie den Ton ganz tief in der Magengrube! Halten Sie ihn dort! Noch ein Weilchen, damit er gärt. Dann öffnen Sie vorsichtig die obere Luke! Und, pafffff …*

Er ging an der Galerie vorbei, meinte, im Fenster jemanden erkannt zu haben – Lidy Maenz! Tatsächlich, ihr Profil, der lange Hals …

»Sie sind ein Künstler, nicht wahr?«, hatte sie ihn gefragt und dabei gelacht. »Oje!«

Und dieser süffisanten Dame sollte er nun seinen Vogel anvertrauen?

Er zögerte, kaufte die Abendausgabe der *New York Times*, ließ sich, während er sie las, die Schuhe putzen.

*Alba Fantoni is back*, stand unter dem Bild der anmutigen Schauspielerin auf dem Pier. Sieh an, sieh an! Sie waren also mit demselben Dampfer hergekommen, wohnten im selben Hotel. Im Leben gibt es keine Zufälle; nur Fügungen, die ein Schicksal erfüllen, seines, als Künstler! Keine Einzelausstellung, dafür eine schicksalhafte Begegnung mit der Frau, die nichts anderes als seine Muse werden musste – Alba Fantoni. Das weiße Hütchen schräg über einem Auge, den Mund halb offen, streckte sie eine weiß behandschuhte Hand aus, an der Kamera vorbei. Sie musste lange in dieser Haltung ausgeharrt haben, bei der Schärfe des Bildes. Und diese schöne, ihm nun wohlbekannte Nase …

Miss Maenz kam aus der Galerie, sperrte mit mehreren Schlüsseln ab und schritt daraufhin in seine Richtung.

Miss Maenz, die Landpomeranze aus Hutchinson, Kansas! Auch sie war anmutig, trug ein kastanienbraunes Schneiderkostüm mit Rock und äußerst taillierter Jacke, auf dem Kopf einen grünen Topfhut.

Constantin vergrub das Gesicht in der Zeitung, aber, als sie vorbei war, musste er ihr aus einer unergründlichen Laune heraus folgen. Anfangs nur wegen des grünen Topfhuts, würde er in einem Brief berichten, smaragdgrün – er hätte in der Menge vor ihm nur so aufgeblitzt in den Lichtern der Stadt. Und überhaupt, ihm sei sofort aufgefallen, dass Miss Maenz langsamer ging als am Vorabend, etwas Nachdenkliches hatte, das ihm entsprach.

Da zischte aus der Seitengasse eine Katze direkt in den Straßenverkehr. Eine Frau kreischte, Passanten hielten an, und auch Avis schaute dem armen Tier nach, das nun geduckt zwischen den Stoßstangen entlanglief, Purzelbäume schlug und sich wieder aufraffte, um in wahnwitzigen Sprüngen den vorbeibrausenden Fahrzeugen auszuweichen.

Doch kaum hatte die Katze es auf die andere Seite geschafft, entschied sie sich umzukehren, das blöde Tier! Wieder sprang sie zwischen die Fahrzeuge, hin und her in wilden Kapriolen. Mitten auf der Fahrbahn aber duckte sie sich und blieb stehen.

Automobile gerieten ins Schlittern und hupten. »*She was struck!*«, rief jemand, »sie wurde von einem Wagen erfasst!«

Widerwillig schaute er auf den dunklen Fleck, über den nun weitere und wiederum weitere Automobile fuhren, unablässig, auch ein Automobil mit einem Teleskop drauf.

Wie schnell ein Leben enden konnte. Ihm wurde übel. Er lehnte sich an eine Litfaßsäule, den Blick getrübt, auch von den blauen Abgasen der Automobile.

Der Fleck aber war nur Benzin; denn unvermittelt flitzte die Katze an ihm vorbei und sprang, überaus lebendig, durch das Getümmel zurück in die Seitengasse, zu den Abfalleimern, die laut schepperten.

Lebhafter Applaus brauch aus, Jubel und Gejauchze. Männer warfen ihre Hüte in die Luft, auch Constantin. Und in der fröhlichen Menge kreuzte sein Blick den von Lidy Maenz.

Er winkte ihr mit dem Hut zu, begeistert. Sie schaute in seine Richtung, zu ihm sogar, schien ihn aber nicht zu sehen oder zu erkennen, denn sie wandte sich ab und ging irgendwo hinein, unter einem vier Stockwerke langen, nach unten zeigenden Pfeil aus blinkenden Glühbirnen.

# 9

Dora schreckte auf, gegen drei Uhr nachts, sie brauchte nicht auf die Uhr zu schauen: Mondlicht warf die Unordnung im Zimmer als Schatten über das Bett. Behutsam stand sie auf, die Matratze gab ein Quietschen von sich. Ihr Sohn lag quer über dem Doppelbett, die Hände zu kleinen Fäusten geballt.

Weshalb war sie aufgewacht? Sie tapste im Dunkeln um sich her. Sie fand die großen Hotelhausschuhe, schob sie wieder unters Bett.

Eine Weile stand sie auf dem Balkon und schaute den hinausfahrenden Fischerbooten zu, dann setzte sie sich ordnungshalber hin, auf den kalten, leicht klebrigen Stuhl.

Das Meer war glatt wie ein See, kaum Dünung, links am Hafen von Segelbooten gesäumt, von denen es klapperte – klapp-klapp-klapp, klapp-klapp-klapp. Etwas schlug an die Masten, wahrscheinlich die losen Stahlseile für die Segel.

Dora atmete tief ein, eine abgestandene Luft, die nach verwesten Algen, nach Jasmin und Benzin roch.

Ein Motorrad kurvte brummend vorbei und in Richtung Portofino davon. Diese Zielstrebigkeit … Dora richtete sich auf, spannte den Rücken.

Im graukörnigen Licht leuchteten Mond und Venus, gestochen scharf, und auch die geschwungenen Namen der angrenzenden Hotels Continental, Excelsior, Grand Hotel und, durch die Äste einer mächtigen Zeder, das verlassene Imperiale Palace.

»Palace«, flüsterte sie.

Konnte das sein?

»Palace!«

Tatsächlich: Palace!

Ihre Stimmung schlug um, unverhofft war ihr festlich zumute.

Palace …

Palace-palace, palace-palace … Ein Wort wie das Klatschen und Schaben von Sandaletten auf Marmorfliesen. Sie sah sich durch den Säulengang schreiten, rollende Schatten auf dem hellen Nachthemd. Und ihr kamen Verse in den Sinn, von einer jungen Woiwodin, die durch den hohen Säulengang schreitet, durch rollende Schatten zum Erker hin; zum hohen Sprossenfenster, das auf die Via Pagana öffnet – auf das Hotel Metropole, zu Doras Balkon hin … Da ist sie ja, hellweißes Nachthemd im Mondlicht!

Dora hob die Hand, ihrer Vorstellung gegenüber zum Gruß, ganz in Gedanken; die Hand war schwer, sie schloss kurz die Augen.

Sie saß noch immer auf dem Balkonstuhl, als es sie überkam: diese Hitze im Unterleib, die hochschoss in Brust und Gesicht. Ihre Haut verspannte sich zu einer verrückten Grimasse: Da hatte sie ihn, endlich, ihren Satz!

Er war so einfach! Und die ganze Zeit war er da gewesen, offenkundig, vor ihrem Angesicht. Da, wo sie nur Stückwerk gesehen hatte, sah sie glatt poliert nun jedes Wort, an seinem Platz, unumstößlich. Wo sie eben noch hämische Umrisse erspäht hatte, spiegelverkehrt, zeigte sich nun dieser vollendete Satz, Ausdruck alles Gewesenen und auch dessen, was noch kam.

Sollte sie den Satz aufschreiben, oder war es töricht, für Stift und Papier aufzustehen? Wer vergisst schon eine Offenbarung?

Vielleicht hatte diese Eingebung mit dem Benzingeruch zu tun und der Erinnerung an den unwahrscheinlichen Unfall, den sie tags zuvor gesehen hatte – ein geparktes Auto auf der Via Pagana, das sich von selbst aus der Starre löste und den Hang hinunterrollte, ein weiteres Auto vor sich hertreibend. Ein schwarzer Benzinfleck in der Kurve, vor dem Eingang zur Piazza del Sole, und der junge Polizist mit der Sonnenbrille, der mit einer wegwerfenden Geste aus dem Handgelenk Sand auf den Fleck streut.

Sand, der zu Staub wird und aufsteigt, eine opake Staubsäule. Der Polizist geht einen Schritt und verschwindet darin. Herbeigeflogene Möwen kreischen dem Polizisten hinterher, umkreisen den Ort, an dem er eben noch gewesen war, an dem er noch sein müsste. Gedehnte Rufe und Miauen, Kreisen um den Punkt.

Dora kniff die Augen zusammen, sie würde in die Staubsäule hineingreifen.

Sie wiederholte die Formel ein paarmal, erleichtert, dass sie so simpel war, ihre Auffassung von Kunst: naheliegend, ein Wiederfinden des Eigentlichen. Erleichterung und auch Belustigung über das bisherige Unvermögen, es vor sich zu sehen. Sie zitterte.

Sie stand auf und ging ins Zimmer; trank ein Glas Wasser und ein bisschen von dem sardischen Myrtenlikör, dann noch ein bisschen mehr, um wieder einzuschlafen.

# 10

Als sie am Morgen aufwachte, lag sie quer auf dem Doppelbett, auf dem kaltfeuchten Laken. Draußen ratterte es, mit taubem Echo durch die leeren Räume. Die Tür zum Esszimmer war sperrangelweit offen, ebenso die Tür zu Macedonias Schlafzimmer. Dora war allein. Durch die zugezogenen Gazevorhänge drang ein gräuliches staubiges Licht.

Sosehr es sie nach draußen zog, sie musste hierbleiben, hatte sie doch endlich die ersehnte Ruhe zum Schreiben. Nur schnell diesen einen Satz aus dem Traum vorhin, mit dem sie alles Bisherige greifen und so weiter hinaufklettern konnte; den sie wiederholt und eben noch festgehalten hatte, als sie die weißen Frotteeschlappen gesucht hatte unter dem Bett. Bloß wo, und wie fing er an? Welches war das Wort, das ihr glücklich zugefallen und sich ihrem Griff gefügt, ja angeschmiegt hatte? Es war ein zusammengesetztes Wort, bestehend im zweiten Teil aus »hinauf«. Denn hinauf war die richtige Richtung, sie hatte den Kopf im Nacken gehabt und die Weite abgemessen.

Ein heller Faden war es, oder eher ein Streifen; war es ein dunkler Wasserstreifen unter dem Felsen, woran sie sich hochgehangelt hatte?

Nein!

Also doch ein Seil? Ein abstehender Faden im speckigen Knoten, der eben noch an ihrem Kopf gebaumelt hatte, sodass sie den Luftstoß an der Wange fühlte? Sie hörte fernes Glockengeläut, von der Chiesa di Santa Margherita, zählte acht, nein, neun Schläge. Sie war spät aufgewacht, immerhin mit einem vollendeten Satz, den sie allerdings nicht fassen konnte. Aber das focht sie nicht an, denn sie hatte ihn gefunden und erkannt – er entsprach genau ihren Vorstellungen, auf die sie gleich noch kommen würde.

Mit dieser Aussicht zog sie sich an, schrieb die Ansichtskarte an Herrn Wehrli, worin sie sich für die großzügige Unterstützung ihrer Arbeit bedankte, und ließ sich das Frühstück aufs Zimmer bringen, Kaffee, Schwarztee mit Zitrone und Sfogliatelle mit Vanille, dazu viel Zimt.

Wirklich Zimt? »*Cannella?*«

Der junge Kellner, der den Zimtstreuer vergessen hatte und noch ein zweites Mal heraufkam, prüfte umstandslos sein Trinkgeld und nickte zufrieden, bevor er die Münzen in die Tasche gleiten ließ. Er wünsche einen guten Appetit! Und dann sagte er in vertraulichem Ton, er habe das Silberbesteck gebracht, das man eigentlich nur unten im Restaurant benutzen dürfe, aber sei's drum, das gehöre sich so für eine Dame. Und als Dora auf das Namensschild des jungen Kellners schaute, las sie tatsächlich *Gigi Amoroso*.

»Warten Sie!«

Er machte eine hölzerne Drehung, das Köpfchen kam nach, ein junges, doch verschrumpeltes Köpfchen, »puer senex« wäre ein passender Ausdruck. Und eine gleich wieder vergessene Dringlichkeit ließ Dora vom Tisch aufspringen, den Zimtstreuer noch in der Hand. Sie schauten sich überrascht an, aus intimer Nähe. Etwas war da, mit seiner Bewegung und ihrer abrupten Nähe. Auch den mit Stäubchen beladenen Sonnenstrahl hatte sie so schon einmal gesehen, wie er die nach hinten gekämmten Haaren des Mannes zum Glänzen brachte.

Der Mann lächelte, von seinen Augen zogen Lachfältchen hinab. Aber die Lachfältchen waren es nicht. Im Gegenteil, das Gesicht sollte ausdruckslos bleiben. Da fiel es ihr ein: »mit steinerner Miene«. Das hatte sie doch selbst geschrieben! Diese ganze Szene kam in ihrem Buch vor, aber ein bisschen anders, mit einer Frau in einem New Yorker Aufzug der Zwanzigerjahre. Und sie lächelte, sah aus, als würde sie das erwartungsfrohe Lächeln des Hotelkellners, der sich »Gigi Amoroso« nannte, erwidern.

Sollte sie ihn jetzt etwa küssen? Warum auch nicht? Nur um zu schauen, wohin es sie gedanklich führen würde.

Sie unterließ es jedoch und setzte sich wieder hin, goss sich Tee ein und fragte nach der Gravur auf dem Besteck: Wieso *GC* und warum nicht *M* wie Metropole? Der Mann antwortete trocken, GC seien die Initialen des Dottore Giovanni Ciana, *»il capo«*, und ging ab.

Dottore Giovanni Ciana, wunderbar! Dora schrieb es fein säuberlich in ihr kleines Notizheft. So hatte sie den Tag schreibend begonnen.

Sie trank den Tee, frühstückte auf dem Balkon, während unten ein Laubbläser ratterte. Der Gärtner war hartnäckig, richtete sein tragbares Elektrogerät lang auf dieselbe Stelle, im Kampf mit jedem einzelnen, vom Tau beschwerten Blatt.

Vom Hügel hinter dem Hotel summten Elektromotorräder die Serpentinen hinunter, die Corniche entlang, Richtung

Portofino. Dort müssten sie auch hin, auf dem Wanderweg entlang des Meeres, das würde Loris gefallen. Aber erst nachdem sie ein ehrbares Schreibpensum erledigt hatte, vielleicht am Nachmittag, oder morgen.

Sie begann noch beim Essen, auf lose Blätter zu schreiben, Wörter und Sätze und wieder Wörter, die sie durchstrich und ersetzte, beim Innehalten hohle Buchstaben mit Strichen füllte, während Glockengeläut verklang und wieder einsetzte, sie das Bestellen eines weiteren Kaffees unterließ und das Rattern des Laubbläsers in ein Zirpen überging. Im senkrechten Lichtstrahl vor ihr kreisten kleine Fliegen, wie leuchtender Staub, kleine Funken, manche bogen abrupt ab. Sie strich sich eine Haarsträhne hinter das Ohr und richtete sich auf, spannte den Rücken. Zwischen den Schulterblättern ging ein leiser Schmerz in wohlige Wärme über.

Sie schrieb weiter und war befriedet, weil es ihr leicht von der Hand ging und Santa Margherita Ligure ihr vertrauter wurde, je flüchtiger ihr Blick auf diesen Ort wurde.

Sie schaute an allem vorbei, suchte ein Wort in der Ferne, über dem wellenlosen Meer, in der kulissenhaften Häuserzeile auf der Corniche, den hängenden Wasserschlauch entlang, von Palmenkrone zu Palmenkrone. Wie vertraut ihr diese Gegend vorkam, in der ihre Gedanken zu Wörtern wurden. Als hätte sie schon lange hier gelebt. Der weiße Pudel, der das Bild durchquerte, hob das Bein an verbotener Stelle, worauf jemand kurzum von der Terrasse rief: »*Arturo, no! No!*« Es war die leicht krächzende Stimme der Signora Cavallaro.

Die Dame mit dem grau melierten Dutt saß an einem der runden, weiß gedeckten Tische auf der Terrasse und trank ruhig ihren Kaffee, während rundherum die weißen Decken in der Brise flatterten. Sie rauchte langsam, mit verzögerten Gesten, strahlte Selbstachtung aus und Behagen.

»*Ciao, bello!*«, rief sie Loris zu und strich ihm durchs Haar, händigte ihm einen goldenen Papierschein aus. Der Junge setzte sich gleich zu ihr und begann, auf dem Schein zu rubbeln, sodass der kleine Tisch wackelte. Die Signora und auch Macedonia beugten sich vor, steckten mit Loris die Köpfe zusammen, indes der weiße Pudel aus einer Metallschale fraß und seine Hundemarke ohne Rhythmus dagegen schlug.

Als Dora wieder hinabschaute, traf sie Macedonias Blick.

Sie winkten einander zu.

Die Freunde der Signora waren zum Kartenspiel gekommen, und das folgsame Kindermädchen zog Loris weg aus dem Zigarettenrauch, wie es Dora angewiesen hatte. Sie kamen herauf, Dora legte ihre Arbeit beiseite und öffnete ihnen die Tür, umarmte ihren Sohn, als käme er von ganz weit her, und strich ihm die Haare zurecht, was dieser, wie üblich, aber nicht mehr so ärgerlich, abwehrte.

Aufgeregt erzählte er, dass er im Lotto gewonnen habe, sehr viel Geld, und dass er gleich schwimmen gehe, nicht im Schwimmbad, sondern draußen im Meer.

»Aber das Wasser ist kalt, Loris, niemand schwimmt im Meer.«

»Doch«, sagte Loris, »ich!«

Und wieder musste Dora ihn umarmen. Sie hielt sich zurück, seine abstehenden Haare zu glätten.

Bleib hier bei mir, wollte sie sagen, lies in Ruhe ein Buch. Aber sie wusste, dass er hinauswollte.

»Am Abend könnten wir ins Kino gehen«, sagte sie.

»Lieber fernsehen.«

»Aber Loris, dieses alte Kino hier …«

»Du hast es versprochen, Mami!«

Sie nickte, »klar!«, und sie hielt sich zurück mit der Erklärung, dass hier einmal im Monat ein Film gezeigt würde, so wie früher, mit Musikbegleitung. Und dass eine Figur in ihrem Roman, die Stummfilmschauspielerin Alba Fantoni, von hier kam, aus Santa Margherita Ligure, und dieses Kino gekannt haben muss. *Das ist die Verbindung zu Italien, schließlich sind wir deshalb hergekommen!*

Aber sie konnte diese Verbindung auch weglassen. Ja, es war sogar besser. Überhaupt wäre das Buch damit zu überfrachtet. Außerdem war es, und das war ausschlaggebend, zu viel für Loris. Er hatte ein Anrecht auf sein eigenes, kindliches Vergnügen. Er wollte sich immer nur diese eine Kindersendung auf ihrem Notebook anschauen, *krass nass!*. Zwei Staffeln hatte er schon gesehen von insgesamt sieben. Sie hatten also noch einiges vor … Dora lachte und fragte Macedonia, ob sie mit zum Meer gehe.

»Ja«, sagte Macedonia, nur habe sie keinen Badeanzug.

So ging Dora zum Schrank und holte ein zitronenfarbenes Samtsäckchen hervor, darin der Badeanzug, den ihr Loris' Vater vor Jahren, weiter unten in Spotorno, hatte maßschneidern lassen. Er hatte gelbe, grüne und kirschrote Blattmuster – und passte Macedonia wie angegossen.

»Der ist wie für dich gemacht«, sagte Dora, »du kannst ihn gerne behalten.«

Und als sie sprach, meinte sie das Mobiltelefon vibrieren zu hören. Regis! Und sie meinte gleich ein *R* zu erkennen in der Holzmaserung der Schranktür … *Regis, von woher rufst du nur an?*

Macedonia hatte den Badeanzug an und besah sich mit ernster, fast schon besorgter Miene im Wandspiegel.

»Der ist wie für dich gemacht«, sagte Dora. »Aber wenn du ihn nicht magst, können wir einen neuen kaufen.«

»Nein, ist gut«, sagte Macedonia und schaute sie aus dem Spiegel an. »Mit der Zeit geht alles.«

»Was geht?«, fragte Dora ärgerlich. »Was geht mit der Zeit?«

»Alles.«

»Macedonia, ich verstehe nicht, was du meinst.«

Da wandte Macedonia den Blick aus dem Spiegel zu Dora und lächelte breit, ein freundliches Lächeln mit Wangengrübchen, zeigte ihre weißen Zähne, einschließlich der Backenzähne und sagte nur: »Alles gut.«

Vom Balkon aus schaute ihnen Dora hinterher. Loris, wie er ins Wasser stapfte, dass es links und rechts in Fontänen aufspritzte, daneben Macedonia, die langsam, aber unbeirrt ins Meer lief.

Wieso war sie nicht mitgegangen? Konnte sie jetzt doch ohnehin nicht mehr schreiben und schaute nur zu. Von hier oben sah ihr Macedonia ähnlich – das hätte sie sein können, im hellen Badeanzug, die braunen Haare fielen offen über die Schulter.

Macedonia hatte ihr einmal von sich erzählt, einen ganzen Abend lang, auf dem Gartenfest in Zürich, bei dem sie sich kennengelernt hatten, wo Macedonia die Kinder der Gäste beim Trampolin gehütet hatte. Vielleicht lag es an Macedonias

Sprachgemisch, dass Dora die Geschichte im Ganzen erfasste, die lebendigen Details aber sofort vergaß. Es ging um Macedonias osteuropäische Familie, einst wohlhabend und adlig, in der Diktatur verarmt und geknechtet und nun voller Dünkel und überzogenen Erwartungen an die Welt – ein Romanstoff, der Dora dann aber bald nicht mehr interessierte. Sie wollte sich nicht an Modethemen halten, Herkunft, Traumata, kultivierte Exotismen, sondern geradewegs zum Eigentlichen gelangen, zum Sinn der Kunst. Wozu Kunst? Inwiefern speist sich die Kunst aus dem Leben – und was gibt die Kunst dem Leben zurück?

Vom Balkon aus sah sie Macedonia immer weiter ins Meer schreiten, das Wasser reichte ihr bis zur Hüfte, bis zu den Haaren. Die junge Frau blieb stehen, nahm sich das weiße Hütchen vom Kopf und legte es behutsam auf das Wasser.

Mit einem Satz tauchte sie daneben ab.

# 11

Constantin Avis gab sich gänzlich überrascht, Lidy Maenz im Kinofoyer zu treffen. Er war ihr hierher gefolgt, in die Richtung, in die der Pfeil mit den zahllosen Glühbirnen gewiesen hatte.

»Sie hier?«, fragte Lidy.

»Künstler lenkt das Schicksal immer zu ihren Musen«, sagte Constantin. Er sei mit Miss Fantoni auf demselben Dampfer gefahren, wohne mit ihr im selben Hotel, und nun wollte er sich endlich einmal einen Film mit ihr anschauen, hier im Palace.

Lidy prustete los. Und Constantin klopfte ihr auf den Rücken, als habe sie sich verschluckt, sprach unverdrossen weiter von der »entzückenden Miss Fantoni«, sie habe ihm nämlich schon auf dem Dampfer zugesichert, er werde nicht enttäuscht sein, der Film sei über alle Maßen anrührend. Und während sie von allen Seiten angerempelt wurden, überließ er Lidy zum vorläufigen Abschied sein ausgiebig mit Eau de Cologne parfümiertes Taschentuch.

»Der Hut steht Ihnen«, rief Lidy, bevor sie sich umdrehte und zu ihrem Platz ging.

Das Kompliment hatte ihn überrascht, auch weil es ein alter Ersatzhut war. Er nahm ihn ab, drückte ihn am Scheitelkniff gegen die Brust, fühlte eine ungewohnte Wärme herausströmen.

Lidy war also allein hier.

Ob er sich einen Platz neben ihr suchen sollte? Er könnte sich in ihrer Nähe an die Wand lehnen oder auf die Treppe setzen … Er schaute ihr nach, wie sie im rotgoldenen Licht des Kandelabers die Treppe hinunterging in diesen riesigen Saal, immer weiter mit ihrem schönen Topfhut. Leute gingen durch die Reihen und versperrten ihm für einen Augenblick die Sicht auf Lidy, deren Statur ihm bei jedem Erscheinen vertrauter wurde.

Er sah sie zur ersten Reihe vorgehen, sie setzte sich gleich hinter das Orchester – rechts, Platz vier, bei den Streichinstrumenten. So eine war sie also! Eine jener Damen, die angaben, ins Kino zu gehen ausschließlich für die Musik, für das Konzert, und nicht für die Schmonzette auf der Leinwand. Miss Maenz aus Hutchinson, Kansas!

Als das Licht ausging, eilte er hinauf zu seinem Platz im zweiten Rang, drittletzte Reihe, Mitte, neben dem knatternden Projektor. Über den Kopf seines Nachbarn zur Linken schoss der Lichtstrahl zur Leinwand hin. Einen exzellenten Blick auf die Leinwand hatte er! Zumindest bis kurz nach Beginn, als vor ihm die notorische Dame mit der hohen Frisur Platz nahm.

Eine jener altmodischen Tanten mit Korsett, dachte sich Constantin, verärgert darüber, dass ihm der mit Veilchen parfümierte Dutt nun gänzlich andere Gedanken aufzwang: Gedanken an die unbillige Madame Matisse, die vor seinem Kunstwerk *Princess X* gerufen hatte: »Das ist ein Phallus, ihr Lieben! Das ist ein Phallus!« »Aber nein«, hatte er ihr entgegnet, »das ist der geneigte Kopf einer zarten Frau, die in den Spiegel schaut, ihr langer Hals und der kleine, runde Busen.« »Der Spiegel«, hatte ihr feinsinniger Gatte erkannt, »wird von der spiegelnden Fläche der Statue symbolisiert.« »Ach was!«, hatte Madame Matisse gerufen, »das ist eindeutig ein Phallus, gebt es doch zu!« Da war schon der Saalaufseher mit den alarmierten Organisatoren der Ausstellung herbeigeeilt, Monsieur Avis solle bitte sein anzügliches Exponat entfernen, der Premierminister sei im Nebensaal und gleich da. »Für mich ist das aber eine Frau!«, hatte Constantin für alle im Saal gerufen, »meine ureigene Sicht auf die Frauen!« Da habe Madame Matisse mokant gelacht. »Na also!« habe sie gerufen, »na also!«

Eine unbändige Lust, aufzustehen und in den Dutt der Dame vor sich reinzubeißen wie in Zuckerwatte, hätte ihn übermannt, wären seine Gedanken nicht weitergetragen worden von dem einen oder anderen Satz, den er im Wortschwall des Kinosprechers verstand. Die nasale Stimme, vorpreschend, die alles gleichsam nach Errungenschaft klingen ließ, was nun auch er auf der Leinwand sehen konnte, links, über den Nachbarsburschen gebeugt: Cowboys, Röntgenstrahlen, Pestbekämpfung und Ballonfahrten, diverse gefasste und gerichtete Mörder, sehr kluge Polizeihunde, klüger als die Menschen. Mit einem riesigen Satz war der kleine Hund auf dem Tresen, der Bösewicht hob die Arme, Flaschen fielen ihm auf den Kopf. Verfolgungsjagd um die Häuser, Zusammenstöße mit Gemüsehändlern, Ausrutschen über Orangen. Da lachte auch der Kinosprecher, »haha, schaut euch das an!« Ein mechanisches Rauschen, und seine Stimme verstummte. Endlich!

Endlich war das Geschwätz vorbei!

Als der Film mit Alba Fantoni begann, stand auch die Dame mit der hohen Frisur auf und ging. Und Constantin konnte durch eine Schneise hinab den kleinen Hut von Lidy sehen, den langen Hals gegen das braunrote Licht vom Orchester, vor ihr die Streicher, die nun mit Schmelz einsetzten, von den Paukenschlägen begleitet im Puls des Publikums, immer schneller, lauter, explosiv, als der Filmtitel aufsprang, in großen, leuchtenden Lettern: *JOY*!

Darunter die Kritikerbewertung: fünf Taschentücher.

Na also!, sagte sich Constantin erfreut. Na also! Lidy würde sein Taschentuch doch brauchen!

*Starring Alba Fantoni by Alba Fantoni.*

Alba Fantoni spielte also eine Frau, die Alba Fantoni hieß. Sie trat gleich in der ersten Einstellung auf, mit weißem Hütchen auf einem Dorffest, tanzte und schwang ihr Kleid hin und her, da mussten die Zuschauer im Saal applaudieren. Es applaudierten auch die Dorfbewohner, die Alba Fantoni zur Dorfprinzessin kürten – ihr das Hütchen abnahmen und einen Blumenkranz aufsetzten. Damit machte sie Pirouetten, hielt ein und knickste, pustete sich keck eine Blume aus den Augen. Erneuter Applaus!

Sie war wie die Alba Fantoni, die er aus anderen Filmen kannte – aus allen Filmen, in denen sie gespielt hatte. So anders als die kühle Frau aus dem Aufzug, die Furie, die so geschrien hatte im Hotelzimmer über ihm, wovon er seinem Freund Jean in Paris erzählen würde. Und obschon sie im Film wahrhaftiger wirkte, lebendig, war Constantin froh, diesen ovalen Kopf und die großen Augen gesehen zu haben, in echt, ganz nahe neben sich im Aufzug, die geschwungenen

Brauen und die schöne, schmale Nase mit der herabzeigenden Nasenspitze.

Diese schöne Alba wurde nun auf eine rudimentäre Holzbühne gehievt, wo sie zu schauspielern begann und das Publikum im Dorf und im Saal gleichsam entzückte: Als Beweis ihrer Kunst ahmte sie eine Puppe nach, wobei ihre Gesten mechanisch waren und zugleich menschlich delikat. Sie blinkte mit den Augen, und doch gab es in jedem zweiten Zwinkern eine kleine Verzögerung, sehnsüchtig – ein Liebesblick!

Das Orchester kompilierte aus dem Schmeichelhaftesten, was aufzutreiben war, während das Publikum still dasaß. Niemand sprach oder lachte, kaum einer lief durch die Reihen. Wie abgetragene Felsen standen sie da; die glimmenden Lichter ihrer Zigarettenspitzen sahen aus wie Glühwürmchen. Und Constantin war es, als sei er ganz allein mit der Fantoni, deren Mund mit ausgeprägtem Amorbogen fast ein bisschen dem von Lidy ähnelte, ihr Gesicht riesengroß vor ihm, geschüttelt in Ekstase. Und auch die Hände, die sie vors Gesicht schob und wieder weg, zwischen den abgespreizten Fingern ein dunkles Auge, das wellige Haar, der kleine Mund, der nach Luft japste … Unentrinnbar wurde er mit Visionen menschlicher Ausdruckskraft überschüttet.

Das durfte er nicht vergessen, sagte er sich. Das musste er festhalten, die ganze Abfolge von Gesten, wie ein schöner Liedtext. Ob das auch aus Stein zu meißeln war, der Anlauf zu dieser Bewegungsabfolge?

Als ihr Spiel zu einem Ende kam, mit einem Lächeln und ihrem milden Schalk im Gesicht, gegen den sie ankämpfte, der ihr aber immer breiter ausrutschte und gegen den sie deswegen noch mehr ankämpfte, sodass ihr Tränen in die

Augen schossen und sie schließlich losprustete und die Hände auf die Knie schlug, überfiel es mit großer Heiterkeit auch das Publikum, im Saal wie auch im Film, auf dem Dorffest. Und alle lachten sie einträchtig und wanden sich auf den Kinostühlen, bezaubert von der Schönen, die sie durchschaut hatte, ihnen all ihre Regungen vorgemacht hatte, unsere doch so menschlichen Regungen – eine perfekte Scharade! Eine hinreißende, ja brillante Schauspielerin!

»Das ist gut«, rief ein Mann zwei Reihen vor Constantin. »Das ist so gut!«

Und andere pfiffen jubelnd und riefen: »Bravo!«

Was dann im Film geschah, entsprach Constantins Vorahnungen, zumindest hatte er beim Zuschauen, als begeisterter Kinogänger, ein leises Gefühl von Déjà-vu.

Da gab es einen eifersüchtigen Mann, dem die ganze Aufregung um Alba nicht passte: Es war ein Bauer im zerknitterten Anzug, Albas Verlobter Freddie. Er sprang auf die kleine Dorfbühne und umarmte Alba. Und sie umarmte ihn, lachend, die Augen halb geschlossen – auch sie liebte ihn, mit ihrem frischen Liebreiz. Nun aber trat auch ein Broadway-Impresario mit Hornbrille hervor, und versprach vor allen Anwesenden, Alba zum großen Star zu machen, in New York. Albas Gesicht zeigte freudige Überraschung, das ihres Verlobten große Verzweiflung: Kajal-schwarze Tränen rollten über sein blass gepudertes Gesicht.

Das Paar nahm Abschied, auf immer und ewig, inmitten von wehenden Gräsern, zu sehnsüchtigen Streichern.

Tack! Hier ging das Licht im Kinosaal brüsk wieder an, mit ärgerlichen Ahs und Ohs aus dem Publikum.

Die Helligkeit verfing sich in den dichten Rauchschwaden,

darin eine Vielzahl von Verkäufern mit prallen Bauchläden. Sie navigierten durch die Menge und riefen durcheinander, immer lauter: »Süßigkeiten, meine Damen! Süßigkeiten, meine Herren! Zigaretten, meine Damen! Zigaretten, meine Herren!«

Über die Reihen wurden große, schlaffe Waffeln mit überzuckerten Baumnüssen gereicht, auch hohe Gläser mit Brausegetränken.

Constantin hatte Hunger, war aber wählerisch beim Essen; und bis er sich überlegt hatte, was von alldem genießbar war, ging das Licht schon wieder aus. Und er hatte nicht einmal nach Lidy geschaut!

Ob sie noch für die zweite Hälfte blieb? Die Schneise zu ihr war wieder geschlossen, Leute hatten sich umgesetzt. Er stand auf, konnte Lidy aber nicht sehen. Bestimmt war sie geblieben, hatte sich anderswo hingesetzt.

Auf der Leinwand erschien wieder die schöne Alba Fantoni.

Das Mädchen vom Land war jetzt in New York, lief durch das Gewimmel auf dem Gehsteig – unzählige Beine und Hüte. Auch im Theater wurde sie angerempelt, von viel eleganteren Frauen, Damen mit Aplomb.

Den Kopf in den Nacken gelegt, weil sie kleiner war als die anderen, lächelte sie immerzu. Versehentlich fiel sie auf die geblähte Brust eines schneidigen Mannes mit gezwirbeltem Schnurrbart und Monokel – der Theaterdirektor, der sie barsch von sich stieß.

Sie war also klein und zierlich, hatte im Aufzug wohl hohe Absätze getragen. Natürlich musste sie klein sein als Schauspielerin, ihren Partnern bis zur Brust reichen. Und dann so ein Gesicht haben, das alles ausdrücken konnte, in allen Sprachen der Welt.

In der Umkleide des Theaters setzte sich diese Alba vom Land auf einen Stuhl vor dem Spiegel, schaute abwechselnd in den Spiegel und an ihm vorbei, auf die anderen, versuchte, deren mondäne Mimik nachzuahmen. Schließlich führte sie einen mimischen Dialog mit sich selbst, schmähte ihr bescheidenes Wesen, um es gleich wieder zu trösten und zu ermutigen. Dies fanden die anderen Frauen in der Kabine so unterhaltsam, dass sie applaudierten und jubelten und darüber fast ihren eigenen Bühnenauftritt verpassten.

»Haben Sie Feuer?«, fragte der junge Bursche neben Constantin. Constantin zog die Streichhölzer hervor und gab ihm Feuer.

»Haben Sie zufällig eine Zigarette für mich?«, fragte Constantin.

Der Junge verneinte, er habe nur die eine, fragte aber um sich her: »Hat jemand noch eine Zigarette für den Herrn?« Aus der unteren Reihe wurde eine Zigarette hochgereicht, und für einen kurzen Moment trat Constantins Nachbar in den Projektionsstrahl – sein Schatten bedeckte die Leinwand und verfinsterte den Saal. Rufe und Pfiffe, auch sehr heitere; zerknülltes Papier wurde nach ihm geworfen. Der Bursche setzte sich schnell wieder hin, gab Constantin die Zigarette mit zittriger Hand. Und wieder leuchtete eine gelbe Flamme auf, wie auch sonst hier und da im Saal.

Sie rauchten einträchtig und folgten Albas Geschichte, wie sie auf der New Yorker Bühne ein Mädchen vom Land spielen musste, einen Tölpel. Das altbekannte Spiel mit dem Herumstolpern und Entschuldigen, ein Schritt nach hinten und über die nächsten Herren stolpern, deren Jacketts abwischen mit der flachen Hand: Alles gut! Und dann alles von vorn. Sie spielte gut, fanden die Zuschauer im Film, und auch ihre Kolleginnen sagten: Sie spielt sich selbst! Alba schaute im Film zum lachenden Theaterpublikum, richtete sich auf und ging langsam nach vorn. Und als sie beim Gehen von Lichtkegel zu Lichtkegel trat, veränderten sich mit dem Schattenspiel auf ihrem Gesicht auch ihre Züge – von Verschämtheit zu Heiterkeit, zu Ergriffenheit, Einkehr, unverhofft zu Traurigkeit. Als sie am Bühnenrand stand, hatte sie glänzende Augen, Tränen liefen ihr übers Gesicht.

Auch das Publikum im Film blinzelte, das Licht von der Bühne in den Augen, es begann zu weinen. Und auch im Kino waren alle ergriffen, Constantin hielt die Zigarette des jungen Burschen, damit der sich schnäuzen konnte in ein großes, flatterndes Taschentuch.

»Sie ist gut, nicht wahr?«

»Sehr gut!«, sagte Constantin.

Die Hände vor dem Gesicht, lief Alba Fantoni hinaus, im Hintergrund die aufbrausenden Akklamationen, der große Applaus. Sie lief durch den Korridor, dann durch einen weiteren, an unterschiedlichen Kulissen vorbei. Sie verirrte sich im Theater.

Zwischen einem Spiegel und einem Kleiderständer hielt sie an, schnitt ein paar Grimassen, zwinkerte sich selbst komplizenhaft zu. Sie hatte es beim Theater geschafft!

Frohgemut holte sie ein glänzendes Kleid heraus, auf dem Bügel, hielt es vor sich in den Spiegel, dann holte sie ein weiteres Kleid und nahm die passende Haltung dazu ein: Mal war sie eine Gouvernante, mal eine freche Göre, mal scheue

Frau, alte Kupplerin, dann Pirat mit Zahnschmerzen und am besten: der aufgeblasene Theaterdirektor! Und als sie den Theaterdirektor mimte, fiel dem daneben stehenden Theaterdirektor das Monokel vom Auge. Sie standen sich gegenüber, sie reichte ihm bis zur Brust. Er unterdrückte ein Lächeln und schickte sie zurück auf die Bühne; schaute ihr lange nach.

»Die werden ein Liebespaar«, sagte der Bursche zu Constantin.

»Unmöglich.«

»Wetten?«

Constantin schlug ein.

Als sie wieder auf die Bühne kam, trug Alba ein langes, enges Kleid aus Tüll und Spitze, das ihren Körper in einer betörenden Textur aus Licht und Schatten erscheinen ließ. Alles hielt den Atem an, Kolleginnen wie Publikum. Sie aber durchschritt die Bühne und redete, mit sich selbst, den anderen Figuren, dann auch mit dem Publikum. Sie machte ihre schönen, weiten Armbewegungen, zeigte auf den einen oder anderen, nickte. Was sie sagte, musste klug und lehrhaft sein, denn die Leute lauschten andächtig und nickten im Einverständnis.

Constantin folgte nur ihrer Mimik, denn er mochte keine Zwischentitel lesen, schon gar nicht auf Englisch. Zwischentitel, dachte er, gehören nicht zur Kunst, sie sind bloß Ablenkung.

Wie aber Alba Fantoni im Film von der Bühne ging – das sei Kunst: Sie ging ab, und von hinter dem Vorhang erschien ihr Arm, der auf eindrückliche Weise winkte, irgendwann nur noch aus dem letzten Fingerglied.

Das Publikum tobte, im Film wie im Kinosaal.

Sekunden später ging sie im schlichten weißen Kleid durch das nächtliche New York, nahm die Lichter und die Schatten der Stadt auf ihrem Körper auf, sie war beschwingt. Der Impresario mit der Hornbrille holte sie ein. Er fiel ihr zu Füßen und redete, formte Wörter mit seinem Mund und gestikulierte breit, mit weit geöffneten Armen, er machte ihr wohl eine Liebeserklärung.

»Oder der!«, sagte der Bursche neben Constantin. »Der wird's.«

»Der auch nicht«, sagte Constantin und schlug die Beine übereinander. »Unmöglich, dass der es wird.«

In den nächsten Szenen stand Alba Fantoni wieder auf der Theaterbühne, lachte und weinte, und wieder brachte sie das Publikum zum Jubeln. Das Orchester im Kino spielte jetzt Charleston, die Gassenhauer von New York – worin Alba Fantoni reihenweise triumphierte. Plakate mit ihrem Namen, immer größer gesetzt, ihr Gesicht in allen Journalen, von allen Rändern her winkender Applaus. Neiderinnen wurden vom Rhythmus ihres Erfolgs mitgerissen und begannen, sie zu verehren.

Der begeisterte Impresario brachte ihr Blumen in die Kabine, Körbe von Briefen. Und als sie einmal die Tür öffnete und wieder Blumen sah, wendete sie sich lächelnd ab. Es war aber nicht der Impresario, sondern der Theaterdirektor selbst.

»Worauf haben wir gewettet?«, fragte der Bursche neben Constantin.

»Auf drei Zigaretten vom Kiosk. Aber Sie verlieren.«

Da stand der Junge auf im Licht des Projektors und rief durch den Saal: »Wird's der Direktor oder der Impresario?«

Und aus dem Saal rief es durcheinander: »Der Direktor«, »Der Impresario«; und mancher rief: »Ich werde es!«, »Nein, ich!« Und: »Hinsetzen! Bitte hinsetzen!«

Er setzte sich gerade rechtzeitig zur dramatischen Szene: Alba hielt den Arm mit der silbernen Zigarettendose ausgestreckt, da zog der Direktor ihren nackten Arm an sich, küsste wie besessen die Armbeuge. Sie sagte etwas und tat lachend, zog den Arm weg und warf dabei ein Bild zu Boden, ihr eigenes, mit Autogramm versehen. Er zog sie auch am anderen Arm, und sie wehrte sich halbherzig. Aus ihrer Miene zu schließen, war sie angewidert und fasziniert zugleich. Sie ließ ihn gewähren, schaute über die pomadisierten Haarwellen hinweg auf den etwas welken Blumenstrauß, der noch in Zellophan eingeschlagen war.

Der Bursche neben Constantin sagte nichts, auch Constantin nicht, dem aber einfiel, dass er in der Jackentasche eine in Zellophan verpackte Zigarre hatte.

Die Leute begannen zu gehen, andere kamen hinzu. Große Mimikszenen waren jetzt keine mehr zu erwarten. Auch Constantin begann, sich zu langweilen. Ob er gehen sollte? Ob Lidy schon gegangen war?

Er blieb und schaute sich die Hochzeit an. Schwingende Glocken, Füße und Hüte, der Theaterdirektor zeremoniös, und Alba in einem glänzenden weißen Kleid, mit langer Schleppe über den ganzen Gang.

Das Orchester im Saal gab den Hochzeitsmarsch, leise, andächtig.

Das Brautpaar stand vor dem Priester. Hat jemand etwas gegen die Hochzeit einzuwenden? Der Priester schaute flüchtig an den Brautleuten vorbei. Aber da hatte sich schon jemand gemeldet – Staunen und Befremden im Gesicht der Gäste. Alle drehten sich um, zum schlanken Mann mit dem glänzenden Anzug.

Sein Schnurrbart war schief, wie einst.

Freddie, der Verlobte vom Land! Er war offensichtlich zu Geld gekommen. Der elegante Mann versuchte, sich den herabhängenden Schnurbartteil aufzuzwirbeln und würdevoll vorzutreten.

Alba schaute zu ihm und er zu ihr. Der Impresario wischte die beschlagene Hornbrille ab und schaute hin und her.

Albas Augen leuchteten. Ein Lächeln huschte über ihr Gesicht, sie kämpfte dagegen an. Doch sobald der eine Mundwinkel still war, zog der andere hinauf. Das ganze Gesicht spannte sich von unterdrückter Mimik, sodass ihr schließlich Tränen in die Augen schossen und es sie durchschüttelte.

Weinte sie? Lachte sie?

»Bravo!«, rief es im Saal. Und Constantin applaudierte, auch dann noch, als Alba die Arme ausbreitete und dem Theaterdirektor den Brautstrauß ins Gesicht warf, den Gang hinunterrannte, zu Freddie, dabei ein paarmal über den Saum stolperte.

Einige Kinobesucher standen auf und gingen; viele Silhouetten zwischen dem sich umarmenden Paar und dem noch sitzenden Constantin. Anlass für das Kinoorchester, das Beste zu geben, das rührendste Stück, zunehmend lauter und rhythmischer, hin zum freudigen Charleston.

Von den Rändern des Bildes zog sich das Dunkel langsam zur Mitte hin zusammen, umschloss die Küssenden in einem Kreis, vereinte sie zum Punkt: *THE END*.

Da waren im zweiten Rang nur noch fünf, sechs Männer

sitzen geblieben und eine Frau am Rande, die furchtbar hustete vom ganzen Rauch, fast schon röchelte sie.

»Ich schulde Ihnen drei Zigaretten«, sagte der Bursche.

»Ist schon gut«, sagte Constantin und verabschiedete ihn mit warmem Händedruck.

Wo war Miss Maenz?

Draußen schaute sich Constantin nach ihr um. Ob sie geweint hatte?

Herausdrängende Leute blinzelten in die Stadtbeleuchtung und lächelten.

Und auch er nickte hin und wieder zum Gruß, kannte die Leute nicht, verstand sie aber gut. Was hatten sie gerade alles zusammen erlebt! Er sah eine Dame mit lustigen Kirschen am Hut die Arme heben, so wie Alba Fantoni. Ein Strom weiterer Kinobesucher zog an ihm vorbei mit einer Mimik, in der sich Alba Fantonis schauspielernde Deutlichkeit zeigte. Nur die Musik fehlte. Stattdessen Gehupe und das mahlende Motorengeräusch der Stadt. Zeitungsjungen riefen die Schlagzeilen des Abends aus, darunter eine mit Alba Fantoni: »*Where is Miss Alba Fantoni?*« Und Constantin wusste mehr als viele gut unterrichtete Leute hier: Miss Fantoni war in seinem Hotel, just im Zimmer über ihm. Und er dachte an Alba und an ihren Verlobten vom Land, an Lidy aus Hutchinson und an seinen Vogel mit dem schönen Schimmer, und als die Schuhputzer mit ihren Bürsten gegen die Holzkisten klopften, wurde ihm bewusst, dass seine Schuhe wieder etwas an Glanz bekommen sollten.

Ob Miss Maenz schon gegangen war? Sollte er noch warten? Das Geklopfe der Schuhputzer neben ihm schlug ihm in die Knie, in den Bauch, in den Hals. Wenn Lidy jetzt kommen würde, sagte er sich; wenn sie doch noch erscheinen würde …

Dann aber ahnte er, dass sie schon in der Pause gegangen sein musste. Und er ärgerte sich, dass er sich sogar ihre Adresse gemerkt hatte: West 31st Street, zwischen Fifth und Sixth Avenue. Wenn sie jetzt aber doch noch kommen sollte, würde er sie küssen. Er würde sie aus der Tür ziehen, gegen das blinkende Schaufenster drücken und küssen, wie im Film.

Er schaute auf die vielen Lichtpunkte, blieb wie angewurzelt stehen, stand den Leuten im Weg, seine Gedanken reumütig bei dem Vogel aus Bronze. Und als ihm bewusst wurde, dass er wieder an den Vogel dachte, war er froh, durch seine Kunst diese gesunde Erdung zu haben. Ohne seine Kunst, sagte er sich, wäre er ein Tölpel, ein Untertan, ein libidinöser Direktor … Möglich, dass er jemanden weiter vorn erkannte. Ja, den Hut kannte er doch.

»So sehen wir uns wieder!«, sagte Lidy, die jetzt lächelnd vor ihm stand.

Im Reflex schoss seine Hand zur Krempe.

# 12

Wohin es denn gehe, fragte Loris.

»Spazieren«, sagte Dora, und als er nachfragte: »Vielleicht wandern.«

Aber Loris wurde schon auf der Promenade unleidig und gab an, müde zu sein. Er wollte genau wissen, wohin sie gehen und wann sie wieder zurück sein würden.

»Ein bisschen am Meer entlang, und dann über die Hügel nach Portofino.«

»Ich will nicht nach Portofino«, sagte Loris und blieb vor dem Eingang zur Piazza del Sole stehen. »Ich will zurück ins Hotel.«

»Im Hotel bist du jeden Tag. Jetzt wollen wir etwas Schönes zusammen unternehmen.«

»Ich will aber nicht nach Portofino!«, rief er.

»Loris«, sagte sie, nur fiel ihr nichts weiter ein, nichts Vernünftiges, und sie biss sich auf die Lippen. Da trat auch gleich ein Bettler heran, zwängte sich zwischen sie, als Clown verkleidet, mit rotem Frack und rotem Paillettenhut, und er sagte etwas in drei Sprachen auf einmal, in jeder Sprache falsch, wie Macedonia, und er hielt Dora, forsch und achtlos, einen Plastikbecher hin.

Es ging so schnell wie eine Einbildung. Der stramme Bettler lag am Boden, perplex. Und als er sich mit bösem Murmeln aufschwang, stellte sich ein Busfahrer vor Dora und ein Jogger kam hinzu, auch zwei Bauarbeiter von gegenüber, und sie jagten den roten Clown davon.

Hatte sie den Mann tatsächlich zu Boden gestoßen? Hatte sie wirklich so heftig reagiert, als sich jemand zwischen Loris und sie stellen wollte?

»Ich fahre gleich nach Portofino«, sagte der Busfahrer. Ob sie mitwollten.

Macedonia nickte hastig, aber Dora bedankte sich und sagte, sie würden erst mal hierbleiben, picknicken am Meer.

»Lass uns nach Portofino fahren«, sagte nun auch Loris.

»Später, Loris! Wir beruhigen uns und picknicken schön hier am Meer.«

Sie müssten sich wegen des Typen nicht sorgen, sagten die Bauarbeiter. Sie seien schließlich da und der Kerl würde sich sicher nicht mehr zurücktrauen.

Sie zeigten auf den kleinen Laden gegenüber, hinter dem Zeitungsstand, wo es Mittagessen zum Mitnehmen gab.

»Freust du dich aufs Picknick, Loris?«

Beim Überqueren nahm er sie an der Hand, wie schon lange nicht mehr, und hielt sie fest.

Vor dem Laden saßen an zwei Tischen Bauarbeiter, tranken Bier und aßen Focaccia mit Schinken. Drinnen war viel Betrieb, Kundschaft aus den benachbarten Läden ließ sich Mittagsteller einpacken. Als sie bei der Auslage ankam, bemerkte Dora mit freudigem Staunen, dass sie in einem Delikatessgeschäft waren, zumindest würde er überall sonst auf der Welt als solcher gelten.

Auf weißen Küchenplatten waren heimische Gerichte aus

Ligurien zu finden, *Trofie al nero di sepia*, Trofie mit grünen Bohnen und Kartoffeln, *Farinata genovese*, *Pansotti con salsa noci*, frittierte Ravioli, alles nebeneinander angerichtet, Kastanienpasta, gestanzte Pasta, marinierte und frittierte Sardellen, *Baccalà agrodolce* mit Weißwein und Salbei, Kaninchen mit Oliven, Kapern und Pinienkernen, violetter Spargel, eingelegte Peperoni mit Anis, Oregano und Petersilie und heimischer Käse von Schaf, Ziege und Kuh, unterschiedlich gereift und gewürzt.

Dora hätte sich am liebsten vor der Auslage hingesetzt. Sogar Carciofi alla romana hatten sie, für Loris und Macedonia. Sie kaufte noch Wasser, und für sich und Macedonia eine kleine Flasche Wein, *Barbera d'Asti*, eine Empfehlung des Hauses. Man gab ihnen fürs Picknick am Meer drei Gläser auf einem Tablett mit.

»*Buon appetito!*«, sagte die Verkäuferin mit der appretierten Küchenschürze.

»*Grazie*«, riefen sie alle drei.

Sie setzten sich nahe ans Wasser, direkt auf die Felsbrocken, beim verrosteten Gerüst eines Stegs, und aßen mit dem rauen Einwegbesteck, wahrscheinlich kompostierbar.

Möwen kamen herangeflogen, und Loris fütterte sie mit Focaccia, worauf nur noch mehr Möwen kamen, laut krächzend, und auch Tauben und Enten.

Es war windig, und die Haare wehten ihnen ins Gesicht. Verpackungen flogen davon und Loris lachte und rannte umher, um sie einzusammeln. Er sammelte auch Steine, vor allem Steine mit hellen Streifen, die glitzerten – für Dora.

Dora, die Haare im Gesicht, ging, mit dem Weinglas in der Hand, ebenfalls Steine suchen, flache Steine, die sie über das

Wasser hüpfen ließ. Und ihr war, als fühle sie plötzlich Regis' Atem im Nacken, aber es war nur die Brise. Und die ganze Verkettung von Gedanken, wie er spricht und sich über den Tisch beugt, die flache Hand auf das Weinglas legt, dass ihr der Atem wegbleibt, reine Einbildung.

Bis zu sechs Mal hüpften die Steine bei ihr. Bei Loris vier … und …

»Auch sechs Mal«, rief Dora.

»Sieben!«, rief Macedonia.

»Das stimmt doch gar nicht!«, rief der Junge. »Es waren nur vier Richtige!«

Nun warf wieder Macedonia, Loris feuerte sie an. Und Doras Gedankten schweiften unwillkürlich wieder zurück zu ihrem Text. Als sie auf das graue Wasser schaute, das sich im Wind kräuselte, sah sie den ganzen Text vor sich, das ganze Buch, das sie schreiben wollte und zu einem Teil schon geschrieben hatte. Nur schwer konnte sie auseinanderhalten, was von der Geschichte sie bloß gedacht und was sie tatsächlich verfasst hatte.

Als die Enten herankamen, weil sie glaubten, da werfe jemand mit Futter, hörten sie auf, Steine zu flippen.

Dora hockte sich hin, nahm Loris auf den Schoß, derweil Macedonia wegging, den Strand entlang, und das Meer fotografierte.

»Bin ich schwer?«, fragte der Junge.

»Nein, gar nicht.«

Dora umklammerte seinen schmalen Körper, wog ihn leicht, wie beim Einschlafen.

»Doch«, sagte der Junge und stemmte sich auf. »Ich bin schwer.«

»Gut, ich gebe es zu. Du bist ganz schön schwer geworden … Dreißigmal schwerer als die Ente da!«

Loris drehte sich um, breit lächelnd mit seiner lustigen Zahnlücke, die sich bald schließen würde. »Wirklich, Mami? Bin ich so schwer?«

»Ja, wirklich! Wenn du ins Gymnasium kommst, bist du sogar schwerer als ich. Und größer!«

Er legte den zierlichen Kinderarm um ihren Hals und küsste sie auf die Wange. Sofort drehte sie ihm auch die andere Wange zu. Und als er sich wieder abgewendet hatte, küsste sie ihn auf den Nacken, mehrmals, und schnupperte daran.

Weshalb der Vogel da auf dem Steg sich so lustig ausstreckt, wollte Loris wissen.

Das sei ein Kormoran, sagte Dora. Er breitet seine Flügel zum Trocknen aus. Denn nass kann er nicht fliegen, ist zu schwer.

Wie schwer denn der schwerste Vogel sei, der fliegen kann, wollte Loris wissen.

»Das haben wir doch zusammen gelesen, Loris, weißt du noch? Aber ich habe es auch vergessen …«

Da rief der Junge: »Ich weiß es: achtzehn Kilogramm.«

»Genau, Loris, bravo! Die Großtrappe, nicht wahr?«

»Ja, die Großtrappe! Die hat ein bisschen Mühe mit dem Fliegen, weil sie so schwer ist.«

Dora lachte. »Fliegen bereitet ihr große Mühe. Sie muss gegen den Wind hopsen, damit es sie in die Höhe zieht. Schwere Vögel müssen besonders wendig sein und einfallsreich.«

Der Junge drehte sich wieder zu Dora, mit seinem breiten Lächeln, sodass Dora ebenfalls glücklich wurde, glücklich und traurig zugleich.

»Wollen wir?«, fragte sie. Und statt über die Meerespromenade zu gehen, in Richtung Portofino, gingen sie zurück ins Hotel, wie es Loris gewollt hatte.

Im Zimmer angekommen, holte Dora das Mobiltelefon aus dem Safe und verband es mit dem Ladekabel.

# 13

Arm in Arm liefen Lidy und Constantin durch die Straßen von New York und redeten angeregt von dem Film, den sie gerade gesehen hatten. Sie sitze stets in der ersten Reihe, um alles groß und laut über sich kommen zu lassen, sagte Lidy. Sie sehe alles wie im Traum. Genau, sagte Constantin, die Bilder, merkwürdig vertraut, aber zum ersten Mal richtig verstanden, wie im Traum; wobei er nach dem Film nicht mehr sagen könne, was genau es war, das er verstanden hat. Auch das genau wie nach einem Traum, rief Lidy, einen rötlichen Schimmer über dem Gesicht, der von der Straßenbeleuchtung herrührte.

Und so redeten sie, vielleicht ohne tieferen Sinn; aber als sie so nebeneinanderher gingen, Arm in Arm, ergab alles einen Sinn, zu dem sie Schritt für Schritt vordrangen. Das begeisterte Constantin, offensichtlich auch Lidy, denn sie warf ihren Arm weit aus, zeigte auf Leute und neue Wolkenkratzer und bunte Auslagen, immer wieder auf den Dampf, der aus den Kanaldeckeln stieg und sich manchmal bizarr verformte, und Constantin schaute sofort hin, auf ihren kleinen Finger mit dem spitzen, violetten Nagel und weiter in die Richtung, die dieser anzeigte. Er schaute mit Begeisterung, weil auch er jeden Zusammenhang zu verstehen glaubte, nein, er verstand ihn in Begleitung von Lidy tatsächlich. Und jeder Passant war ihm lieb und vertraut, ein Träger doch so menschlicher Anliegen. Er drückte Lidys Hand in seine Armbeuge, begleitete sie zielsicher, die Straßen zählend, zu ihrer Pension, West 31st Street, zwischen Fifth und Sixth Avenue.

Seitlich angestrahlt von dem Licht am Empfang, beeilten sie sich, fertig zu erzählen, schwenkten aber vom einen zum anderen und standen sich noch zur Nachtstunde fröstelnd gegenüber.

»Wollen Sie vielleicht hinaufkommen, auf einen Drink?«, fragte Lidy.

»Ja, gerne«, sagte er wie selbstverständlich.

Sie schlichen sich am Empfang vorbei, die Treppe hinauf in den vierten Stock, zur letzten Tür im Flur.

Ein Knipsen und das Licht ging an, blendend hell.

»Meine Freundinnen«, sagte Lidy.

Constantin zog den Hut und schritt ihr nach, sah erst allmählich, dass ihre Freundinnen die kleinen Fruchtfliegen waren, die unter der Lampe kreisten.

»Bitte setzen Sie sich«, sagte Lidy und wies auf den einzigen Stuhl im Raum, beim kleinen Tisch am Fenster.

Es war geräumig bei Lidy und doch hatte er Angst, etwas umzustoßen, etwa die Veilchen im Wasserglas; sodass er sich Mantel und Hut auf die Knie legte und die Ellenbogen beisammenhielt.

Er hörte sich reden, und seine Stimme klang dumpf, wie im Keller seines Onkels, wenn er singend hinabgestiegen war. Er hörte sich von seinem Vogel erzählen und dachte, nein, erzähl doch nicht vom Vogel; aber die Stimme fuhr fort zu erzählen, mit welcher Eitelkeit er an sein Kunstwerk geglaubt und es hierhergebracht habe, und wie er dann den Vogel hatte verzollen müssen, als Gebrauchsgegenstand, weil der Zollbeamte das Kunstwerk nicht als Vogel anerkannte. Und Lidy lachte ein helles Lachen und streckte sich an ihm vorbei, in ihrer taillierten Jacke, die sich dehnte, legte die Veilchen tropfend auf den Tisch, öffnete das Fenster nach oben und schüttete das Wasser im Glas hinaus.

Er hing ihrer schnellen Kippbewegung, die sie aus dem Handgelenk vollführt hatte, nach, dann auch mit dem Drink in der Hand, den sie ihm angeboten hatte.

»Sie müssen den Vereinigten Staaten den Prozess machen und die Zollgebühr zurückverlangen«, sagte sie. »Prozessieren ist jetzt in Mode. Alle machen's und alle machen dann mit. Sie machen also ein riesiges Trara mit Künstlern und Presse und am Ende stehen sie auf und rufen gravitätisch, mit gezücktem Zeigefinger: Wisst ihr überhaupt, was Kunst ist, ihr Banausen? Meine Kunst ist Kunst!«

»Oh, verzeihen Sie!«, er sprang auf und bot ihr den Stuhl an.

Und wieder lachte sie.

»Ich werde meinen Gast doch nicht stehen lassen!«

Sie ging zum Tisch und schob ihn durch den Raum, hin zum Paravent, den sie zusammenklappte, worauf sie den Blick aufs Bett freigab. Dann brachte sie den Stuhl – für ihn, sie setzte sich an die andere Tischseite, aufs Bett.

Wie langsam er doch war, dachte Constantin. Wie peinlich langsam er gestikulierte, sich überhaupt regte! Da saß er also und erzählte ihr Dinge, die ihn selbst langweilten, bereits anderweitig Erzähltes, ins Tagebuch Notiertes, und er sah sie lächeln und manchmal die Stirn kräuseln.

Er kippte das scharfe Gebräu hinunter, sie sagte »so«, und nun sprang er auf, um sie zu küssen. Sie küsste ihn zurück, legte die Hand auf seinen Hinterkopf und drückte Constantin an sich. Der Tisch kippte um. Sie saß auf seinem Schoß und flüsterte ihm etwas zu – oder er ihr. Mit ihren Küssen vermengten sich auch ihre Absichten.

Da klopfte es an die Tür, zweimal, dreimal.

Dann klopfte es wieder, mit Dringlichkeit. Sie waren beide aufgesprungen.

»Ins Bad!«, flüsterte Lidy. Sie schob ihn ins kleine Bad, brachte ihm Hut und Mantel in die Wanne, zog den Duschvorhang zu.

»Ja, bitte?«, hörte er sie sagen.

Worauf eine gestrenge Frauenstimme zu hören war, die mehrfach im Flur und nun im Zimmer wiederholte, in dieser anständigen Pension dulde man keine Unzucht, Frauen mit schlechtem Leumund hätten den Ort unverzüglich zu verlassen.

»Ich bitte Sie«, sagte Lidy, »hören Sie schon auf! Ich bin allein und wollte mich bettfertig machen, da kommen Sie so hereingestürzt mit einem fremden Herrn.«

Constantin hörte die gestrenge Dame sagen, Mister Soms – oder Woms, oder Doms – sei der Hausdetektiv.

»Ich bitte Sie«, sagte Lidy unerschrocken. »Ich bin allein.«

»Und ich bitte Sie, unverzüglich unsere Pension zu verlassen!«

Da stand der Hausdetektiv schon im Badezimmer und zog den Vorhang auf.

Constantin hatte den Geldschein in der Hand bereit, den er dem Hausdetektiv beim Händeschütteln überließ.

Sehr zuvorkommend, half ihm der Hausdetektiv in den Mantel. Und Constantin verabschiedete sich zeremoniös, küsste beiden Damen die Hand, setzte den Hut auf und ging gemäßigten Schrittes auf den Flur hinaus.

Erst draußen auf der Straße beschleunigte er seine Schritte, bei der Ecke rannte er schon fast, die 31st Street hinauf, an der 5th, 6th, 7th Avenue vorbei, einen Nebel in den Augen, in den Ohren immer wieder das brüske Plastikrauschen vom Badezimmervorhang und wie die Metallringe auf der Stange geklimpert hatten. Ob er sich vor beiden Damen ähnlich verbeugt hatte zum Handkuss, den Kuss auch in gleicher Höhe habe verschmatzen lassen, ganz leise? Der Kuss! Noch immer pochten seine Lippen von Lidys Kuss. Eine verwirrende Welt ist das, Lidy! Ein L-Train ratterte über seinen Kopf hinweg und entschwand heulend in der Ferne. Es ratterte noch ein Weilchen zwischen den Schienen, während der weiße Rauch hinabsank und in die Seitengasse gesogen wurde.

Und plötzlich hörte er oben, in den Höhen dieses Wolkenkratzers, der sich wie ein riesiger Eiszapfen ausnahm, blau schimmernd in der Morgendämmerung, die Einsiedlerdrossel tirilieren.

Konnte das wirklich sein?

Er lauschte. Ein Tirilieren, so schnell und wendig, dass er es kaum erfassen konnte, und doch … ja, doch … Er machte kehrt und rannte zurück, kopfüber durch die leeren Straßen.

Lidy traf er wie erhofft noch vor ihrer Pension. Sie trug den grünen Topfhut und saß gleichmütig auf zwei großen Koffern, eine große runde Schachtel auf dem Schoß.

# 14

Lidy entging es nicht, wie er schnell die Schuhputzmittel vom Tisch nahm, die Lappen vom Boden aufhob, die Zettel und das zerknüllte Papier.

Über allem lag ein feiner weißer Staub, von seiner Arbeit an einem Stein, der auf seinem Bett lag, wenn auch unter der Bettdecke. Ihr war nach Lachen zumute, sie tat, als schaue sie aus dem Fenster und sah in der spiegelnden Scheibe, wie er den Stein unter das Bett rollen ließ.

»Duftet es hier nach Aldehyden?«, fragte sie, um abzulenken. Und fing an, über Aldehydparfüms zu reden, die so modern waren und nach Stadt rochen, nach Metall.

»Kennen Sie *Arpège* von Lanvin? Aus Paris? Das verwendet Cara Milner.«

»Das ist mein Vogel, der so riecht«, sagte Constantin.

Da standen sie noch beide in den Mänteln herum und schauten auf den Vogel und auf ihre, Lidys und Constantins, goldene Spiegelung darin. Und hinter ihnen schien sich das Zimmer zu weiten, es schimmerte golden.

»Der ist wunderschön«, sagte Lidy.

»Gefällt er Ihnen?«

»Sehr«, sagte sie.

»Wirklich?«

»Ja, wirklich.«

Noch beim Einschlafen hallte seine Frage bei ihr nach – »Gefällt er Ihnen? Wirklich?« Und sie fühlte eine große Zärtlichkeit für diesen so verlorenen Mann, der ihr das Bett überlassen hatte und nun auf einer Wolldecke auf dem Boden unter dem Fenster lag. Sie empfand einen Drang, sich zu ihm zu legen, auf den Boden. Über diesen Gedanken schlief sie ein.

# 15

Eine Weile ließ Dora der Gedanke an Regis nicht mehr los. Sie dachte an ihn, wenn sie allein war und schrieb, ebenso wenn sie nicht schrieb. Sogar ihr Blazer, der am Eingang hing, erinnerte sie an Regis, und die weißen und roten Balkonpflanzen, Zimmer-Alpenrosen wie aus Plastik, die den eleganten Balkon verhunzten. Sie ertappte sich dabei, wie sie um den Wohnzimmertisch ging und mit Regis sprach. Oder die Hand ausgestreckt hielt und nicht mehr wusste, wonach sie greifen wollte. Und wenn sie den Zimmerschlüssel mit dem vergoldeten Anhänger nicht fand, ärgerte sie sich über Regis; sobald sie ihn fand, lächelte sie verschämt. Trotz allem: Es war besser, wenn er nicht käme. Sie hatte ein Buch zu beenden, hatte alles im Kopf und keine Inspiration nötig. Sie zwang sich zurück an den Schreibtisch.

So schrieb sie ganze Vormittage lang, ohne vom Stuhl aufzustehen, schrieb drinnen am Schreibtisch, ohne zu merken, dass sie drinnen war und nicht draußen auf dem Balkon, und bis sie Nackenschmerzen bekam von der steifen Haltung. Und wenn kleine Schatten über die Wand zogen und hinabfielen auf die andere Wand, dachte sie an Regis, wie er sich über sie bückte, die Augen halb zusammengekniffen. Und wie sich beim Lächeln seine dünne Oberlippe über die

Zähne stülpte, ein so unansehnliches Lächeln, das sie wieder sehen wollte. Sie würde enttäuscht sein, ihn wiederzusehen. Das hoffte sie zumindest, wie alle paar Jahre, wenn sie ihn traf und nach Spuren der Alterung suchte.

»Ich liebe dich nun schon zwanzig Jahre lang, weißt du?«, hatte er ihr am Telefon gesagt. »Dein halbes Leben!« Jetzt würde er sie holen kommen.

»Holen kommen!« Er hatte so eine Art zu reden, dass sie nicht ernsthaft zuhören konnte. Und doch konnte sie sich an so vieles erinnern, was er gesagt hatte und auch wie, an seine Stimme, Bassbariton, manchmal so tief, dass sie sie kaum noch hörte und sie sich nur vorstellte. Sie stellte sich vieles vor. Und das war gut, denn so schrieb sie in seltsam belebenden Gedanken an ihn. Sie schrieb und schrieb, und nun tat es ihr bald leid, dass er herkommen und sie unterbrechen würde.

Zuerst würde sie die Arbeit aber für Loris unterbrechen, das nahm sie sich fest vor. Und so fasste sie den Entschluss, nun doch eine Wanderung nach Portofino zu unternehmen, über die Hügel.

»Aber ich will gar nicht nach Portofino«, klagte Loris, »das hatten wir doch schon.«

Wie schön er sprach für sein Alter, dachte Dora, »das hatten wir doch schon.«

»Es wird ein großes Abenteuer, Loris, vertrau mir! Wir gehen durch Pinienwälder und Olivenhaine.«

»Aber ich will gar nicht nach Portofino!«

»Gut, wir müssen auch nicht dahin. Wir wandern einfach über die Hügel.«

Aber auch das wollte er nicht. Er wollte im Hotel bleiben,

mit dem weißen Hündchen spielen, und Pingpong mit Macedonia, und für die Signora Cavallaro die Lottoscheine aufrubbeln. Dann wieder auf der Piazza del Sole ans Meer, Muscheln sammeln. Er mochte immer das Gleiche tun, Rituale haben und einen festen Tagesablauf.

»Das ist schön, Loris, und sollst du auch alles machen, deshalb sind wir ja hergekommen. Aber du und ich erleben jetzt etwas Besonderes.«

Macedonia hatte den halben Tag freibekommen sowie die Hälfte ihres Lohns erhalten, womit sie sich gleich ihr Paillettentäschchen gefüllt hatte. Sie war früh aus dem Hotel gegangen, mit Sommerkleid und weißem Hütchen.

Dora wählte Loris' Kleider für die Wanderung mit Bedacht, dann gingen sie ins Hotelrestaurant zu Mittag essen, und schließlich rannte Loris hinaus auf die Terrasse, um Signora Cavallaro und das Hündchen Arturo erneut zu begrüßen.

»*Ah, la mama!*«, rief die Signora mit leicht krächzender Stimme, und die schwungvolle Melodie ihres Ausrufs nahm Dora sofort für sie ein. Und dieser freundliche und tierliebe Junge, der den Leuten so geradeaus in die Augen schaue, da habe sie ihm sofort die Liebe seiner Mutter angesehen.

Der Kellner eilte herbei, zwei Kaffees auf dem Silbertablett.

»Setzen Sie sich«, bat die Signora, »trinken wir zusammen unseren Kaffee.«

»Ich bleibe nicht lange«, sagte Dora, bevor sie sich setzte. »Wir wollen heute nach Portofino, über die Hügel.«

»Ah«, krächzte die Signora, »*il Cammino dei Baci*! Sie müssen unbedingt zum Wanderweg der Küsse, da war ich so oft! Nehmen Sie keinen Zucker?«

Und Dora nahm, entgegen ihrer Gewohnheit, Zucker für den Kaffee und ließ sich auch eine Zigarette geben. Sie mochte es, mit der Signora zu rauchen, es zu tun wie sie: mit angewinkeltem Arm, gerecktem Kinn, den Blick träge in den Rauchwindungen.

»Wie schön, dass Sie so entspannt sind«, sagte die Signora. »Eine italienische Mutter wäre schon längst aufgesprungen, wenn sich der Junge nass macht auf dem Rasen.«

»Er soll sich freuen dürfen«, sagte Dora, »mit allen Sinnen.«

»*Brava*«, sagte die Signora, »Sie sind nach meinem Geschmack!«

Sie sprach langsam, zog die Silben auseinander im Singsang. Wie schön ihre Sprache war, welch eine Würde sie der Sprechenden verlieh!

»Gigi«, rief die Signora, »wirf den Gartensprenger an bei der Bougainvillea! Schauen Sie, meine Liebe, da kommt ein Regenbogen!«

Ihre grau melierten Haare waren zu einem zwanglosen Dutt hochgesteckt. Ein Vogelnestdutt! Dora war amüsiert. Hätte Constantin ihn doch sehen können!

»Gehören Sie zum Haus?«

»Ja, sozusagen. Das ist eine lange Geschichte. Aber Sie sind Schriftstellerin, nicht wahr? Und ich habe ein Leben für einen Roman!«

»Das müssen Sie mir heute Abend erzählen, wenn wir aus Portofino zurück sind.«

»*I found my Love in Portofino*«, sang die Signora mit ihrer leicht krächzenden Stimme. »Kennen Sie das?«

»Ja, natürlich«, sagte Dora.

»Von Dalida«, sagte ein älterer Herr über seine Zeitung hinweg.

»Was erzählst du da für Unsinn, Ettore? Das hat Fred Buscaglione gesungen.«

»Aber auch Dalida.«

»Fred Buscaglione zuerst, Ettore. Der war Kult.«

»Ja, der war Kult, klar! *Che bambola!* Und *Teresa, non sparare!*«

»Ettore, gib uns bitte noch eine Zigarette! Meine Liebe, ich erzähle es Ihnen nur kurz, damit Sie Portofino von mir grüßen können! Also, hören Sie zu, weil Sie Schriftstellerin sind und das gesagt haben mit – wie haben Sie das gesagt? – man soll sich freuen dürfen, mit allen Sinnen. Das hast du auch gehört, Ettore, nicht wahr? Das klingt wie von früher.«

Es war schon halb drei, wie Dora verblüfft feststellte, und Loris spielte ausgelassen mit dem Hündchen. Er würde jetzt kaum mehr aufbrechen wollen. Also blieb auch sie sitzen und hörte der Signora zu, ihrer singenden Stimme: *attrice affascinante … gotta a ruotta … anello di fumo … desiderio …*

Das bringt mich durcheinander, dachte sie zuweilen, das verstellt mir meinen Fokus. Aber sie blieb sitzen und gab sich nach und nach der Erzählung hin.

# 16

Laura Cavallaro war in Sizilien aufgewachsen, bei Palermo, wo der Wind Orangendüfte heranweht, in Stößen, und sie gar nicht so viele Leute waren im Ort, aber es immer lärmte, morgens und vor allem abends, wenn die Fabrikleute heimkamen. Sie waren sechs Kinder, fünf Mädchen und zuletzt ein Junge, erzählte die Signora mit dem hohen Dutt und nahm einen Zug von der Zigarette. Fünf Mädchen und zuletzt ein Junge, und nach dem Jungen sagte ihre Mutter »basta mit Kinderkriegen!«, sie würde jetzt abnehmen und sich moderne Tellerröcke schneidern, die auch die älteste Tochter tragen durfte, also Laura.

»Du darfst niemals heiraten«, sagte ihre Mutter, »Du sollst eine glamouröse Schauspielerin werden wie die Lollobrigida und mich an die Riviera mitnehmen.«

Tellerröcke hat sich die Mutter nie geschneidert, sie verbrachte ihr Leben zwischen Kochtopf und Treppenhaus. Und ihrerseits wollte Laura unbedingt heiraten, den Müllersohn Tullio.

Alle riefen sie ihn im Ort: »Tullio!«, »He, Tullio!« Er trug die Post und Bestellungen aller Art auf seinem Fahrrad aus, manchmal auch einen Mehlsack, mit eindrücklicher Äquilibristik den Mühlenhügel hinab, die Rosmarinbüsche entlang, und hatte den besten Flop, so hieß die Frisur, die damals in Mode war – The Flop: nach hinten gegelt, mit wilden Fransen auf der Stirn.

Lauras Familie bekam aber keine Post, denn sie wohnten alle im selben Ort und waren ärmer als andere, und auch die Kündigung von der Tabakfabrik in Palermo bekam ihr Vater mündlich, als er in Palermo war, und gar nicht per Post. Laura aber tat alles, um Tullio aufzufallen: Wenn er mit dem Fahrrad den Hang herunterfuhr, eilte sie hinaus und schnitt ihm den Weg ab, sodass er in den Büschen hängen blieb. Oder sie redete laut und lachte, wenn sie an den Jungs vorbeiging, lenkte sie ab, sogar wenn sie Kopf an Kopf Radio hörten. Sie ließen sich gerne von ihr ablenken. Einmal setzte sie sich im Kino genau vor Tullio und zündete sich eine Zigarette an, damit er ihren Rauch aufsteigen sah und über ihre Kringel staunte. Es lief *Der Knabe auf dem Delphin*. Ein oder zwei Jahre später saß sie vor ihm bei *Don Camillo und Peppone*. Da verschluckte sie sich am Rauch und musste schrecklich husten. Und während die anderen lachten, hustete sie, bis ihr die Tränen kamen.

Die Jungs um Tullio kamen bald alle, um mit ihr zu reden, nicht aber Tullio. Und ihre Nachbarinnen, die alle Tullio für sie ausspähten, begriffen seine Zurückhaltung als Zeichen – ein Zeichen, dass er unheimlich verliebt sein musste in Laura und es ernst meinte.

Eines Tages zeigte er dann doch allen, dass er die Augen zu ihr erhob. Einmal also, als die Jungs beim Lotto-Tisch standen und sie mit einer Freundin vorbeiging, laut lachend, hörte sie Tullio sagen: »Problemi ist wieder da!«

»Problemi!« Er hatte sie »Problemi« genannt. Bedeutete das wenig? Bedeutete das viel?

Da hatte sie schon drei Jahre gewartet und Tullio allerlei Opportunitäten geboten. Es war Ende August, als sich nach einer lähmenden Dürre schwarze Wolken sammelten und es nach einem mächtigen Gewitter aussah, der Himmel aufflammte von Blitzen, aber nur vereinzelt Tropfen herunterfielen, warm wie Blut. Sie stand am Fenster und sah Tullio auf dem Fahrrad den Mühlenhügel herunterkommen. Zwischen den Rosmarinbüschen erschienen mal sein Flop, mal sein Arm und sein schöner Rücken, in die Kurve geneigt. Also ging sie hinaus, aber diesmal hinter dem Stadttor, wo sich die Straße zwischen Pasticceria und Apotheke verengt, und versperrte ihm den Weg.

Er bremste ab und rief: »He, pass doch auf, Problemi! Bist du verrückt?«

Entschieden ging sie zu ihm hin und küsste ihn wie in den Filmen. Sie hielt ihn mit den Händen am Hinterkopf und küsste ihn so lange, bis er sie zurückküsste, und immer weiter, bis alle an den Fenstern jauchzten und pfiffen und auch die alte Nachbarin Otero herbeikam, um zu rufen: »Pfui, diese Schweinerei wieder!« Da wurden sie für alle im Ort ein romantisches Paar.

Sie heirateten kurz darauf, viel zu schnell, aber so war das damals. Zum weißen Brautkleid trug Laura einen Kopfputz aus Schleier und Lametta, so wie es in dem Jahr groß in Mode war. Und auch Lauras Mutter war mit dieser Heirat zufrieden, denn sie sahen wirklich schön aus zusammen und modern, und Tullio war Stammhalter der Müllerfamilie und auch Postmann im Ort.

Ihr Ehefrieden währte zwei, drei Jahre, vielleicht auch weniger.

Es war schwierig mit Tullio, denn er war viel zu gemächlich. Das war die Zeit, als alle etwas aufzogen oder in den Norden gingen, manche sogar noch weiter, nach Deutschland, in die Schweiz. Tullio aber fiel nie etwas ein, er brauchte für alles ihren Ansporn, sogar um Lottoscheine zu kaufen. Er gab dies aber keineswegs zu, denn er war ein »stolzer Sizilianer«. Noch immer nannte er Laura »Problemi«, als sei das ein Kosewort, und wenn sie sich ärgerte, sagte er: »Typisch meine Problemi! Warum liebe ich sie nur?«

Im fünften Jahr ihrer Ehe verliebte sich die junge Laura in einen anderen, einen Touristen aus Rom. Er kam ihr in den Weg, obwohl er sagen würde, es sei andersherum gewesen. Sie trafen sich am Meer, am Strand bei der Limonadenfabrik, für die sie arbeitete. Sie kam mit Kollegen dahin, eine lustige Fahrt zu siebt in einem winzigen Auto, darauf erpicht, Limonade zu trinken wie die Touristen, Ball zu spielen und zu tanzen. Man ließ sie aber nicht hinein, privater Club und so. Wie denn privat? Sie stritten sich mit dem Portier, so wüst, dass sie gar nicht mehr nach eleganten Touristen ausgesehen haben. Zerknirscht gingen sie zum wilden Strand nebenan. Durch den Zaun konnten sie immerhin noch Musik hören, Rock'n'Roll. Laura ging schwimmen, als Einzige, und sie schwamm entlang des Seils, bis zur orangen Boie, und noch weiter. Und sie schwamm und schwamm und im Schwimmen betete sie zu Gott, dass etwas passieren möge in ihrem Leben. Da erschien das Boot.

Sie winkte, schwamm zum Boot und fragte den Mann, ob sie sich an Deck ziehen dürfe, denn sie war zu weit hinausgeschwommen und erschöpft.

»Aber selbstverständlich«, sagte der Mann und zog sie mit nur einer Hand aus dem Wasser. Und obwohl er sehr höflich blieb, sah sie diesen Glanz in seinen Augen, und dass er die Augen nicht mehr von ihr ließ. Er hieß Davide und war Architekt in Rom, konnte gut reden über Stadtplanung und Fortschritt und was die Italiener, vor allem »die hier unten«, alles lernen müssten, um in der Moderne anzukommen. Und unvermittelt fragte er: »Bist du verheiratet?«, und Laura sagte: »Wohl wie du«, und er: »Na ja, ich weiß nicht.«

Sie ruderten zum Club, als wären sie beide von da gekommen, und Laura hörte immer deutlicher die Musik, die damals Mode war. Auf einem kleinen Podium spielten Männer in weißen Anzügen und mit schwarzer Krawatte, »Tu vuo fa' l'americano«. Und sie tanzten und tranken Limonade und verabredeten für den nächsten Tag, dass Davide sie aus Palermo würde abholen kommen. Dann ging sie wieder zurück zum wilden Strand, als wäre nichts gewesen.

Von da an traf sie Davide einen ganzen Sommer lang, und auch im Herbst darauf und wieder im Sommer und wieder im Herbst. Es war, als würde sie Davide schon ihr ganzes Leben lang kennen. Sie kannte diesen Blick, und wenn der nicht sehnsüchtig auf sie gerichtet war, dann war er auf Dinge gerichtet, die auch sie unbedingt sehen musste, auf Meisterwerke italienischer Architektur oder auf Monumente des Verfalls, aus denen »die hier unten« zu lernen hatten. Und was Davide sagte, war genau das, was auch sie hätte sagen wollen, hätte sie nur gewusst, wie, hätte sie seine gute Bildung gehabt und diese Leichtigkeit, sich durch die Welt zu bewegen.

Er schenkte ihr einen purpurnen Korallenzweig, den er für sie gepflückt hatte im Meer, mit kleinen Muscheln darauf.

»So wild wie du«, sagte er.

Sie dachte, ihn versteckt zu haben, aber eines Tages kam Tullio fröhlich vom Juwelier und schenkte ihr eine Kette, daran ihr lieber Korallenzweig, kahl geputzt und poliert. »Wie konntest du das tun, dummer Mann?« Er aber sagte: »Nichts ist mir zu teuer für meine Problemi!«

Und wenn er sie niedergeschlagen sah, kam er herbei und hängte ihr die Kette um mit der blank polierten Koralle. Da erst fiel ihr auf, dass Davide sie zu einer viel fröhlicheren, zärtlicheren, viel schöneren Frau machte als Tullio.

Sie gab vor, mit Kolleginnen von der Limonadenfabrik zu verreisen und traf sich mit Davide mehrfach zwischen Palermo und Rom. So lernte sie viele Orte kennen: Messina, Cosenza, Castrovillari beim Nationalpark von Pollino, Salerno, Amalfi, Sorrent, die ganze Gegend um Neapel. Sie küssten sich auf jedem Turm. Und in den Hotels wurde sie höflich mit Dottoressa angesprochen, als wäre sie Davides Frau. Ob sie das hätte werden wollen? Vielleicht; aber nur, weil sie wusste, dass sie es nicht werden würde und sie die verzweifelte Sehnsucht danach mochte.

Es waren verrückte Jahre. Tullio war sehr gutgläubig und tat ihr bald leid. Dass sie keine Kinder haben wollte, hatte er akzeptiert, und das war nicht wenig, da, wo sie lebten. Sie hatten einen weißen Zwergpudel, Tartufo, den sie beide sehr liebten, das verband sie. Manchmal, wenn Tullio mit Tartufo sprach, klang er redlich und zärtlich zugleich, sodass sie ihn am Hinterkopf hätte packen und küssen können. »Tartufo«, sagte er und küsste den Hund zwischen die Augen und auf die kleine Schnauze, »was machen wir nur mit unserer Problemi? Wo geht sie nun wieder hin und lässt uns allein?« Er wurde schnell sehr alt, ihr Tullio.

»Tullio, wir müssen weg von hier unten! Ziehen wir in den Norden!«

Und er sagte: »Typisch Problemi! Keine Ahnung von nix, aber mit Ansprüchen.«

Tatsächlich aber kam er Jahre später zu Geld und kaufte einen Weinberg im Piemont. Und kurz vor seinem Tod zogen sie mit Tartufos Nachfolger Tano in den Norden.

Sie sagte Davide nichts von Tullios Tod, warum auch? Immer öfter traf sie sich mit Davide hier in Santa Margherita Ligure, im Hotel Metropole. Auch hier war sie die Dottoressa, immer an ihrer Seite der alternde Davide, hin und wieder missmutig, wegen der Rückenschmerzen von der langen Reise. Dann mochte die Dottoressa auch mal auf der Terrasse sein, allein Kaffee trinken und die Zeitungen lesen. Und als sie einmal allein war, vor vier Jahren, traf sie auf der Terrasse Ettore.

Ettore, der Herr mit der Zeitung, war jetzt schon weggegangen. »Für ein Nickerchen nach dem Mittagessen«, sagte Laura Cavallaro.

# 17

Von der runden Aussichtsterrasse des Bahnhofs, wo sie auf Regis' Zug aus Mailand wartete, schaute sie an den geraden Stämmen der Dattelpalmen vorbei auf das taubengraue Meer. Irgendwo in der Nähe wurde ein Eisengerüst auseinandergehämmert, hohle Eisenstäbe hinabgeworfen auf einen klirrenden Haufen, von dem es, über Dora hinweg, hinaufhallte gegen das kleine Bahnhofsgebäude. Ebenso metallisch hallte das rhythmische Gezwitscher unsichtbarer Spatzen. Regis' Zug aus Mailand sollte um 14.30 Uhr ankommen, wahrscheinlich würde er Verspätung haben. Aber wieso ließ sie ihn nicht allein ins Hotel kommen? Sie beschloss, eine halbe Stunde zu warten, es war 13.45 Uhr.

Sie ging hinein ins dunkle Bahnhofsbüfett, »nein, kein Zucker«, trank den Kaffee in einem einzigen langsamen Zug, den Blick auf der Tätowierung der jungen Barista: die Büste einer Frau mit prominenten Augenbrauen und einem blauen Dutt.

»Ist das nicht …?«

»Doch«, sagte die Angestellte und wandte sich ab, um die Kaffeemaschine etwas zu reinigen.

Dora bestellte noch ein Mineralwasser, nahm die oberste Zeitschrift von der Theke und ging zwischen den freien

Tischen zum hintersten, den Rücken zur Theke und zum Fernseher, auf dem ein Fußballspiel lief. Sie blätterte in der Zeitschrift *Diva*, entdeckte darin auch das Maskulinum, »Divo«, onomatopoetisch: »Divo – oh, oh!«, schaute sich Fotostrecken an, kannte aber niemanden. *Ritorno di fiamma!* las sie mehrfach, Rückkehr der Flamme, was sie an die olympische Fackel denken ließ, eine am glatten, stämmigen Schaft vorbeiwehende Glut. Sie trank das Wasser aus und ging hinaus, da war es 14.30 Uhr. Im grellen Licht kam ihr ein Mann entgegen, groß und schmal, mit schwankendem Schritt. Dieser Blick! Sie blieb stehen. Konnte das sein? Das genau gleiche Gesicht mit der hohen Stirn und den eingezogenen Wangen – Jesus von Nazareth, aus Franco Zefirellis Film.

Geduldig ließ er sie in der Tasche kramen, in zerknüllten Einkaufszetteln, Steinen und Muscheln, Kugelschreibern und Lippenstiften, bis sie einen Geldschein fand.

Da kam schon der Zug aus Mailand. Und unter den wenigen Menschen, die ausstiegen, auf die der schlanke Mann mit Kapuze zusteuerte, war kein Regis. Wie erleichternd!

Das Mobiltelefon würde sie im Safe lassen, um gar nicht zu erfahren, wieso er nicht gekommen war, seine Nummer später in Zürich löschen, endgültig. Viel zu wenig ging sie seine Vergangenheit an, Traumata aus der Kindheit und Ursprünge seiner Frustrationen, die ihn beziehungsunfähig machten. Sie hatte ihn nur als Subjekt einer haltlosen Bewunderung gebraucht, um zu schreiben; und auch, um über ihren schlechten Geschmack erschüttert zu sein und beim Schreiben dann umso mehr nach der Verfeinerung zu trachten.

Die Luft schmeckte nach Rauch aus den Gärten. Sie lief die Mauer entlang, vorbei an abgefallenem Verputz, abgerissenen Plakaten, Zetteln und Todesannoncen, alles alte, sehr alte Leute mit schön klingenden Namen: Cäcilia, Alfio, Nunzia, Pupo, Clementina, Gerolano, Ercole … Auch ein Lupo. Und ein Filadelfo Lanza, mit dickem weißem Schnurrbart, die Wangen aufgeplustert, wie er mit Not einen Lacher zurückhielt.

Sie erreichte das Hotel Metropole und wollte gerade die Treppen hinaufsteigen.

»Signora Marcu!«

Dora drehte sich zum Rezeptionisten um, freudig.

Sie wusste es sofort: Regis war angekommen!

# 18

Kurz bevor er sich auf den Weg machte, verspürte er einen Unwillen. Warum noch hingehen, wenn er sich alles bereits vorgestellt hat? Wie er geprüft wird, womöglich naserümpfend … Als könnten einige wenige Augenblicke etwas über ihn aussagen. Mehrfach roch er an seinem mit Eau de Cologne besprühten Taschentuch und musterte sich in den spiegelnden Schaufenstern, sein doch würdevolles Konterfei überblendet mit dem ganzen Firlefanz der Zeit, jetzt noch der letzte Schrei, morgen bereits vergessen.

Eine Einzelausstellung würde er in New York nun ohnehin so schnell nicht bekommen, die Möglichkeit, seine geliebten und in Amerika so billig verscherbelten Skulpturen beisammen zu sehen – und in ihrer Mitte, einem hochschießenden Pfeil gleich, sein junger Vogel.

Lidy war schon vor ihm losgegangen, um einiges vorzubereiten, wahrscheinlich auch, um nicht an seinem Arm anzukommen …

Er lenkte seine Gedanken auf ein fröhliches Lied. »*Streck die Hände aus, Junge, mach sie zum Kelch …*«, summte er vor sich hin, die Schritte im schwungvollen Takt, sodass Passanten wohl dachten, er sei voller Vorfreude. Irgendwann dachte er es auch selbst, da stand er mit breitem Lächeln vor dem Milner-Haus in der 690 Park Avenue.

Das herrschaftliche Haus war dreistöckig und hatte zwar einladend breite, niedrige Marmorstufen, aber eine enge Eingangstür, in die sich elegante Gäste hinein- und andere, mit einem Glas in der Hand, wieder hinauszwängten in den von hohen Ligusterhecken umzäunten Garten hinter dem Haus. Es roch nach teurem Parfüm, wahrscheinlich mit Aldehyden, und nach Zigarren.

Constantin zwängte sich mit seinem Blumenstrauß durch das Getümmel und wurde von unbekannten Herren freundschaftlich begrüßt, auch mit Schulterklopfen. Er schaute sich nach Lidy um, aber sie war nicht zu entdecken, weder in der Eingangshalle noch auf der Wendeltreppe oder im Salon, wo ein Butler mit Silbereimer und Eisschaufel umherging, an Constantin vorbei, der ihn zu kennen meinte, nur woher? Er zog ihn an der Schulter, worauf der Butler eine hölzerne Drehung machte, das Köpfchen kam nach, ein junges, aber so verschrumpeltes Köpfchen.

»Eis?«, fragte er.

»Nein, danke!«, rief Constantin im Stimmengewirr. »Haben Sie vielleicht eine Blumenvase?«

Mit den Blumen gab er auch gleich Mantel und Hut ab und lief alsbald, ein Glas Gin mit Eis in der Hand, von Gruppe zu Gruppe, in Erwartung, von Miss Milner begrüßt zu werden, wer immer sie sein mochte. Er mischte sich unter die Leute und hörte Gespräche über Kunst, die er nur halb verstand, wohl wegen der für ihn fremden Sprache und der Akzente, aber auch, weil es dabei immer nur um die anderen ging und ihn so manches Wort auf sich selbst zurückwarf.

»Sind Sie auch ein Freund von Max?«, fragten die Gäste und fuhren fort, vom verstorbenen Milner zu sprechen, der sie immerzu gelobt und gefordert hätte und der nun fehlte; kamen lediglich auf ihr neuestes Werk zu sprechen, das beste bisher, Max habe es noch vorhergesagt, der Arme. Wie gerufen kamen die zwei Dadaisten herbei, die Constantin entfernt kannte, hakten sich bei ihm unter, links und rechts, und trugen ihn mit sich fort. Sie riefen »tzip, tzip, tziriiiip« und flatterten mit dem freien Arm die Gäste aus dem Weg. Bei der Garderobe stießen sie eine ältere Dame um.

Constantin rang sich los und half der Dame wieder auf. Sie hatte prominente schwarze Brauen. Ihre graublauen Haare spannten sich zur Schädelspitze hin und bildeten einen kleinen, glänzenden Dutt.

»Verzeihen Sie, bitte.«

»Keine Ursache!«

»Sind Sie nicht …?«

»Doch«, sagte sie und verabschiedete sich mit festem Händedruck.

So ging er zum Grammofon. Und während er die Platten durchsah, hörte er, wie vier Herren und die ältere Dame mit dem glänzenden Dutt über Miss Maenz sprachen. Dass sie auf große Galeristin machte. Nicht genug, dass sie fotografierte. Ein Banause, kein Vergleich zu Everett oder dem Kleinen von Caldwell! Sicher eine Geliebte von Max, und nun die Busenfreundin von Cara. Keine Ahnung von nichts, kein Geschmack, aber ausgefuchst. Habe ihre Chance genutzt, das sei ihr gutes Recht. Ein entzückendes Wesen, müsse man zugeben. Würde sicher eine gute Partie machen, das sei ihr zu wünschen. Dann hätte sie ihren Ort und ihre Ruhe.

Fotografie, sagte Constantin, interessiere ihn auch sehr, und er wolle seine Skulpturen selbst fotografieren, bei seiner Einzelausstellung. Da kamen aber schon die zwei Dadaisten, und er ging ihnen aus dem Weg, in einem Zickzack durch das Getümmel, hin zum Kamin, auf dessen Marmorsims ein paar kleine Skulpturen aus Gips standen, weiter zum Spieltisch, wo er einen eleganten Herrn zu erkennen glaubte.

»Wie schön, Sie zu treffen!«

Der Herr aber beachtete ihn nicht und spielte absorbiert weiter. Und Constantin riss sich aus dem Tross junger Damen los, die dem eleganten Herrn über die Schulter schauten, und ging zum langen Tisch mit den Speisen, auf die er nun, mit echtem Interesse, schaute: auf kleine Fische und Krabben, abgehackte Arme eines Oktopus, kleine Vögel mit offenem Schnabel, wie noch im Flug gebraten. Es gab Kaninchen mit Speck, Salbei und Oliven auf Polenta – tatsächlich auf Polenta, stellte er gerührt fest, das Nationalgericht seiner alten Heimat – und Milchschwein mit Thymian und Nelken.

Er blieb in der Nähe des Tisches, besah mit dem Teller in der Hand die Bilder an den Wänden und die Skulpturen in den Regalen, um wieder zurückzukehren zum Tisch, zu der Kunst, die ihn gerade am meisten bewegte.

»Sind Sie Marcel Duchamp?«, fragte ihn ein schneeiger Herr in Uniform mit goldenen Achselschnüren. Und Constantin schluckte das Häppchen hinunter und sagte »nein, nein«, freute sich auf einmal, nicht Duchamp zu sein und aß lächelnd, ohne weitere Konversation.

Rechts des Tisches, bei der Eisfontäne, fragte ein Butler jedes Mal, wenn er vorbeiging, fast schon vorwurfsvoll: *»Absinth? Absinth from Switzerland?«*

Also legte er allmählich den Teller ab, nahm ein hohes Absinthglas, randvoll gefüllt, als noch das Eiswasser mit dem Zucker reintropfte, und gab sich der Bewunderung dafür hin, wie das Grüne milchig wurde, rauchig, und die Grüne Fee zum Leben erweckte.

Eine Frau zog mit hallendem Lachen an ihm vorbei, zwinkerte ihm zu. Und als er ihr nachschaute, glitt sein Blick über eine der vielen Plastiken im Raum, ein ihm zugewandtes Profil mit hohem Dutt und Adlernase oder gar einer Habichtsnase – die gleiche wie auf dem Gemälde über dem Sims und den kleinen Skulpturen aus Gips.

Mit geschärftem Blick musterte er auch die weiteren Kunstwerke, die allesamt die gleiche Muse hatten – die mit dem Dutt und der Habichtsnase. Wahrscheinlich war sie auch die nackte Frau unter dem Spitzenschleier in der Fotoserie, die im Profil die so caesarenhafte Nase zur Schau stellte. Sicher war das Röntgenbild der Lunge, bunt bemalt wie Schmetterlinge, ebenfalls von der Frau mit der Habichtsnase.

Als er auf das Röntgenbild schaute, in barockem Rahmen, bemerkte er den weißen Schatten rundherum: Es stammte von einem größeren, kurz zuvor abgehängten Bild. Und er verstand, dass dieser Raum jüngst umdekoriert worden war, nach dem Geschmack der jungen Frau Milner, die offensichtlich die Frau mit der Habichtsnase war.

Bald hatte er sein Glas leer getrunken, so schnell wie einen süßen Hustensirup, und verspürte keinerlei Wirkung, außer dass seine Füße fester auf dem Grund hafteten, als hätten sie Saugnäpfe. Es war ein gutes Gefühl von Erdverbundenheit. Vielleicht könnte er gar die Wände hochlaufen, warum es nicht versuchen?

Unverhofft flogen Papageien durch den Raum, von einem Grün, das er so leuchtend noch nie gesehen hatte. Fabelwesen! Sie kreisten über der Gesellschaft und setzten sich krächzend auf Kronleuchter und Regale. Mit den Vögeln trat auch die Hausherrin ein, eine schimmernde Skulptur im eng anliegenden Paillettenkleid, das Gesicht im Schatten eines Zylinders – des alten Zylinders ihres Vaters, wie Constantin erfahren sollte –, an den sie eine grüne Papageienfeder gesteckt hatte. Wie ein verzauberter Wald hielten die Leute inne, sodass Cara Milner als Einzige umherging, mit ausgebreiteten Armen, zum Tasten und Streicheln im Vorbeigehen.

»Wie schön, ihr Lieben«, sagte sie mit einer gekünstelt hohen Mädchenstimme, »wie schön, dass ihr da seid!«

»Da ist auch Marc! Marc, mein Lieber, ich werde dir bald wieder Modell stehen!«

»Oh, und da sind Alfred und Georgia, die mir den Gefallen tun! Georgia, aus dem Olymp der Künste!«

»Und Arturo! Mein treuer Arturo!«

»Und da, da ist auch endlich unser europäischer Prinz! Schaut alle her!« Sie klatschte in die Hände. »Schaut alle her: Dieser vornehme Herr ist Constantin Avis, extra zu uns gekommen, aus Paris! Ist das nicht großartig?«

Mit dieser Vorstellung seiner Person sah Constantin den Erstarrungszauber aufgelöst: Die Gäste drehten sich nun alle um und beäugten ihn mit hochgezogenen Brauen. Auch die Dame mit dem glänzenden Dutt: Sie hob ihre Brauen bis zum Haaransatz.

Und der Butler, den er zu kennen meinte, drehte sein verschrumpeltes Köpfchen zu ihm, schleppend, bis es über die Schulter blickte.

Die Milner kam zu ihm. »Sag mir, mein Lieber«, klang es aus dem Zylinderschatten, »wie würdest du mich gestalten, wenn ich deine Muse wäre?«

Constantin verbeugte sich ehrerbietig.

»Ja, ja«, sagte sie, »mein Vater hielt große Stücke auf dich.«

Wieder verbeugte er sich, sodass ihm etwas übel wurde.

»Nun?«, fragte die Gastgeberin eher schroff, »wie würdest du mich gestalten?«

»Ich habe Sie bereits gestaltet«, sagte Constantin gefasst in die gespannte Stille. »Als Vogel!«

Ein Raunen ging durch den Saal, anerkennendes Nicken, auch von dem schneeigen General mit den goldenen Achselschnüren.

»Als kühnen Vogel, der immer weiter hinauffliegt!«, sagte Constantin und hob die linke Hand schräg über den Kopf. *»Up! Up!«*

Jemand applaudierte anerkennend oder mokant.

»Den kühnen Vogel müssen wir sehen«, rief Cara Milner. »Wir wollen ihn alle sofort sehen!«

Was er nun tat, diese Verbeugung, den Handkuss, das Fortgehen mit gemäßigtem Schritt, dann das Rennen auf der Straße mit Schritten, die tiefer glitten als der Boden, das wollte ihn an etwas erinnern – woran nur, wenn er bereits vergessen hatte, wohin er wollte?

Jemand rief ihm hinterher: »Warten Sie! Warten Sie doch!«

Es war Lidy Maenz!

Ja, Lidy kam, bevor überhaupt sein Gedanke an sie Kontur gewann.

»Nehmen wir dieses Taxi«, sagte sie.

Er stolperte über die Türschwelle, spürte aber keinen Schmerz, schlug mit dem Kopf gegen die Innenhaube des Wagens. Lidy lachte.

»Sie sind mir einer!«

Sie setzte sich ihm gegenüber, entgegen der Fahrtrichtung.

»Cara und ihr Vogel!«, sagte sie lachend. »Das haben Sie geschickt gemacht.«

»Nein, nein«, protestierte er matt.

»Doch, absolut.«

»Nein, Miss Maenz«, sagte er. »Ich bin nicht so einer! Ich werde nicht mehr zurückkommen!«

Sie fuhren schnell, von Lichtern gestreift, alle Hektik der Straße, das Hupen und Rufen rauschten vorbei.

»Geben Sie nicht auf«, sagte Lidy. »Das wäre zu schade.«

»Es hat keinen Sinn. Max Milner kannte mich gut, plante eine Einzelausstellung mit mir. Seine Tochter aber … Sie haben es ja gesehen.«

Ein Wassertropfen zog sich schräg über die Fenstertüren, leuchtete hell wie ein Komet.

»Sie werden es schaffen«, sagte Lidy.

»Nein, es hat keinen Sinn. Meine Kunst ist nicht mondän, Miss Maenz … kein Propeller!«

Sie lachte hell auf. Dann sagte sie: »Verzagen Sie nicht!«

»Meine Kunst ist nicht extravagant oder skandalös. Nur ein Flug, ein Schweben.«

Und dann sagte sie, mag sein, dass seine Kunst nicht skandalös sei, aber sie sei schön.

»Schön? Finden Sie die Skulptur schön, Miss Maenz? Tatsächlich?«

»Ja«, sagte sie. »Ich finde sie schön.«

Er schaute aus dem Fenster, sah in der Spiegelung seine Augen glänzen. Wie er die Gegenwart dieser Frau liebte!

Sie klopfte gegen die Scheibe und wies den Fahrer an, vor einem Schreibwarengeschäft zu halten. Für ein passendes Packpapier!

# 19

Das große Paket stellte Constantin in der Mitte des Saals ab, vor Cara Milner, und bedeutete ihr, es auszupacken.

Sie zog Papierbahn um Papierbahn ab, kreiste beim Reißen um das Paket herum, warf das eine Bein nach hinten aus und rief »Olé!«.

Die Gäste witzelten schon über die so aufwendige Verpackung, ob überhaupt etwas darin sei, denn das Geschenk wurde kleiner und kleiner, so klein wie Cara Milner, dann immer kleiner; derweil Lidy um Cara tänzelte und fotografierte, die Blitzlichtbirne wechselte und die kaputte am Boden einfach zertrat.

Als die letzten Papiere fielen, ging ein Jauchzen von unter Caras Zylinder durch die ganze Gesellschaft und bis in den Garten, von wo sie alle hinaufdrängten. Ein enger Kreis schloss sich um den golden leuchtenden Vogel, auf dessen lang gestrecktem Körper, hinaufstrebend, ein jeder begierig sein Spiegelbild suchte.

# 20

Fliehende Lichter an der Decke machten sie schwindlig, sie stand auf, um sich wieder zurückziehen zu lassen. »Ich wollte nur etwas trinken«, sagte sie und hielt das Ohr an seinen Mund, als er lachte, kaum hörbar und so vertraut. »Später«, sagte er, »später«. Sie drückten sich seitlich aneinander. Wie diese Verkehrslichter an die Decke kamen, fragte sie. Er umklammerte sie und küsste ihren Nacken. »Schlaf«, sagte er, »schlaf jetzt!« Doch als sie das Bein unter seinem Bein bewegte, fingen sie wieder von vorn an.

Auch auf den Treppen keilten sie sich ineinander, und auf dem Gartenweg hinab, zum Steg, wo Dora zwei Liegestühle wusste.

»Da sind sie!«

Ihr sausten die Ohren, und sie hörte sich sagen, mit dumpfem Widerhall, die Liegestühle seien da, seit sie hier angekommen ist, und blieben leer, bei jeder Witterung. Sie lachte benommen, und sie legten sich beide hin und sahen zur Corniche hinüber, auf die Häuserzeile, über der eine Lichterkette ging. Regis sagte etwas, was sie erst beim zweiten Mal verstand: »Es sind nur sechs Grad.«

Dann drehte sie sich auf die Seite und schaute ihn lange an, im grobkörnigen Licht dieser Februarnacht in Ligurien, um sich seine Konturen einzuprägen. So lange hatte sie ihn gesucht in anderen, diese Statur, den Kiefer, seine Lachfalte, und nun war er da – hagerer, seine Brust schmaler als in ihrer Erinnerung, und ein langes weißes Haar ragte aus seinem Hemdkragen heraus. Sie widerstand dem Drang, es herauszureißen.

Er aber schaute hinaus, gleichmütig, als hätten sie alle Zeit der Welt. Und irgendwann begann er zu reden, da sausten Dora immer noch die Ohren, aber sie hörte ihn von seiner Tochter erzählen, von deren Gymnasium, und dass er ihr das Haus in Genf überschrieben hatte. Und wie immer, wenn er so viel redete, fühlte sie eine Schwere im Körper, die sie hinabzog in den Schlaf.

Als sie mit einem Frösteln aufschreckte, bat er sie hineinzugehen, damit sie sich nicht erkältete.

# 21

Am nächsten Tag wachte sie in ihrem Zimmer auf, ein hitziges Ziehen auf der Haut und die ebenso bange Hoffnung, Regis möge abgereist sein.

Lichtstreifen hingen über dem Bett, in denen Staubkörnchen ihre Bahnen zogen. Sie lenkte ihre Gedanken auf Constantin Avis, ließ ihn im glitzernden Licht erscheinen, feierlich gekleidet, ganz in Weiß: weiße schlaksige Hose mit Umschlag, weiße Weste auf weißem Hemd, darüber das weiße gut sitzende Sakko. Er tat einen Schritt auf Dora zu, den Meißel in der Hand. Das Zimmer schimmerte immer heller vom Staub des gehauenen Steines.

»Aber wo ist es?«, hörte sie Loris fragen. »Wo?«

Die Schranktür knarrte, etwas flog durch das Zimmer.

»Guten Morgen, Loris!«

Als sie sich umdrehte, war er schon wieder gegangen.

Sie sprang auf. Was war sie nur für eine Mutter?

Sie zog sich an, ihr enges grünes Kleid mit den Ginkgoblättern, das sie sich in Weimar gekauft hatte, nach einer Lesung, und ging hinab in den Speisesaal.

Da waren sie, an einem Fenstertisch, Loris und Macedonia.

Sie setzte sich zu ihnen.

Es war so hell an diesem Tisch, ein blendendes Licht von draußen, vom weißen Tischtuch und den Spiegeln an den Wänden. Alles löste sich ineinander auf, in festlichem Gleichmut. Umso schwärzer war der Kaffee, den Gigi Amoroso vor Dora hinstellte. Wie ein Tintenfass, dachte sie.

Während sie aßen und scherzten – und Dora mehrfach fragte, ob sie nun alle nach Portofino wandern wollten, und dies als Scherz verlachen ließ von Loris und auch von Macedonia –, hatte die ganze Zeit Musik gespielt, derer sie aber erst jetzt gewahr wurde, als eine tiefe, so bekannte Stimme sang, fast schon murmelte: »*Via, via, vieni via con me*«.

Sie hörte hin, »weg, weg, komm weg mit mir … geh diese ungewisse Liebe ein … und verpasse sie für nichts in der Welt … *via, via, non perderti per niente al mondo* … diese Varieté-Darbietung … eines in dich Verliebten …«

»Chips, Chips«, sang auch Macedonia, und lächelte abwechselnd zu Dora und zu Loris: »du-du, du-du-du … ci-bum, ci-bum-bum … du-du, du-du-du … ci-bum, ci-bum-bum …«

Dora schaute durch den weißen Saal, an dem riesengroßen weißen Fliederstrauß vorbei, über die wenigen Leute hinweg, langsam zur hohen Tür, unter der niemand erschien. Und dann doch: Signora Caravallo, laut mitsingend, den aufgeregt bellenden Arturo im Arm: »*It's wonderful, it's wonderful, it's wonderful … good luck my baby! … It's wonderful, it's wonderful, it's wonderful … I dream of you! … Chips, chips, chips … du-du, du-du-du … ci-bum, ci-bum-bum … du-du, du-du-du … ci-bum, ci-bum-bum …*«

Arturo bellte und wand sich. Und die Signora setzte ihn ab, kam schwingenden Schrittes zu Dora an den Tisch.

»Guten Morgen!«, rief sie, und eine riesige rote Koralle baumelte von ihrem Hals über Doras Kaffee. »Dieses Lied von Paolo Conte, das war meine Zeit!«

Sie holte zwei Rubbellose hervor und fragte, wer heute *fortunato* sei, wer denn Glück haben könnte.

Dora stand auf, entschuldigte sich, sie habe zu tun.

Sie lief hinauf, nicht aber zum Schreiben in ihr Zimmer, sondern zwei Etagen tiefer, um an Regis' Tür zu klopften.

Sie klopfte leise, dann immer lauter.

Und Regis war tatsächlich noch da, er öffnete nach einer Weile, zerknirscht, mit nur einer Unterhose bekleidet. Er hatte noch geschlafen.

»Ah«, sagte er. »Du schon wieder!«

# 22

Sie sei ihm so nahe gerückt, schrieb Constantin seinem Freund Jean in Paris, so unerwartet nahe, dass er gar nicht sagen könne, wie sie aussah. Und doch erkenne er sie in Frauen, die auf der Straße an ihm vorbeiziehen: im Gang der einen, im Blick einer anderen, sogar ihre Hand mit dem leicht gewölbten Ringfinger habe er gesehen, während er just jenes Händchen festhielt in seiner Armbeuge.

Wie bezaubert er von New York sei, mit Miss Lidy am Arm! Wie anregend diese Stadt, die so wuchtig in die Höhe wuchs, mit furiosem Hämmern und Rufen und Hupen, Rattern von Zügen über den Köpfen und stellenweise so blickdichtem Rauch, dass er im Gedränge niemanden mehr sah – dafür aber spürte, die kleine Hand.

Wie flott sie durch die Straßen schreiten, die, übersichtlich entworfen, ein Gittermuster darstellten, *the grid*. Unablässig könnten sie miteinander reden und lachen, so waren sie sich einig darüber, dass die Statuen der Stadt fehl am Platz waren. Entweder sollte man sie samt Sockel und Pferd umplatzieren oder alles um sie herum abreißen und neu bauen in einem anderen Stil.

Es trieb sie beide voran, eng ineinander untergehakt, durch die schnurgeraden Straßen von Manhattan, unermüdlich mit raschem Schritt; und durch allen Lärm der Metropole hindurch hörte er ganz klar und deutlich das heitere Klacken ihrer Absätze an seiner Seite. Und er dachte an ihren Kuss, und ob es ungehörig wäre, ihn nach alldem zu wiederholen, im Schutz der Menge. Nur begegneten ihnen keine Paare, die sich küssten. Und doch: Wie hell es war und frühlingshaft, die kleinen Wolken am Himmel wie frisch gepflügt. Ein warmer Wind bog um alle Ecken und blies ihnen Sand in Mund und Augen. Sie wandte das Gesicht ab, verbarg es an seiner Schulter …

Alles um sie her strahlte und blendete sie, Glas und Nickel, die Broschen der Damen, das ölige Makadam. Im Central Park spielte eine Blaskapelle den »Yankee-Doodle«. Instrumente glänzten in der Sonne, die Musiker hatten rote verschwitzte Gesichter. Dann spielten sie auch den Hit »Everybody's doing it«, und die Leute sprangen herbei, tanzten umher. Und Constantin pfiff die Melodie nach, zu Lidys Begeisterung, und hüpfte mit Lidy im Takt den Hudson River entlang.

Sie aßen Erdnüsse aus derselben Tüte und fuhren dicht aneinandergedrängt mit dem L-Train nach Brooklyn; liefen dicht nebeneinander den Weg über die Brücke wieder zurück.

Gegen Abend waren sie am Grand Central Terminal angelangt, wo ihm Miss Lidy den aufgemalten Tropenhimmel zeigte. Da habe er sich erinnert, dass es der 17. Mai war, der geplante Eröffnungstag seiner Einzelausstellung in New York. Er fühlte sogleich, wie fern dieser Plan inzwischen war, auf einem anderen Stern. Und just als sie hinaufschauten, gingen die Lichter in den Sternzeichen an, im Löwen, der Jungfrau, den Fischen; und alles Licht zitterte im aufsteigenden Qualm, die Lichter im Krebs gar derart, dass ihnen das

Meerestier über ihnen lebendig erschien. Da haben sie sich geküsst, wie um sie herum unzählige Paare, die sich nach langen Jahren wiedergefunden hatten oder deren Abschied gerade bevorstand.

Viele Züge müssen gekommen und wieder abgefahren sein, während er sie gehalten und fast schon verzweifelt geküsst hatte.

Vor dem Woolworth Building küsste er sie erneut, und bei blühenden Kirschbäumen, von denen weiße Blüten herabfielen, und unter himmelhohen Baugerüsten; und auch mitten im Getümmel auf der Hester Street, wo die Italiener aus den Fenstern pfiffen und sich alte Frauen ob dieser modernen Libertinage echauffierten.

*Wie sie aussieht,* cher ami, *kann ich zwar nicht beschreiben, aber das ist auch gleichgültig, denn die Form bedeutet mir nichts mehr. Für mich gibt es derzeit nur eine einzige Ästhetik: die der Überwältigung. Es gibt so vieles, das ich erlebe und das mich an den Kern der Dinge heranführt, nur bin ich außerstande und auch nicht willens, jenseits augenblicklicher Erkenntnisse einen klaren Gedanken zu fassen. Wozu Klarheit in diesem flüchtigen Leben? Kannst Du mir das sagen? Ist der Anspruch nach Klarheit nicht etwa Anmaßung, eine Sünde angesichts der Lebensfülle?*

Er schenkte Lidy einen violetten Regenschirm mit faltbarem Griff und Schaft, er war so leicht zu verstauen, während sie einen Putzlappen mit Feldblumenmuster kaufte. Im Hotelzimmer bestand sie darauf, den weißen Staub von den Möbeln zu wischen, während Constantin seine Anzüge im Schrank beiseiterückte, um Platz für ihre Kleider zu schaffen.

# 23

Wie aus einem einzigen Stein gehauen war ihre Umarmung, Lidy rücklings auf Constantin liegend, eine Stille mit wildem Herzschlag. Als er sie zudeckte, schreckte sie auf, aus einem Traum.

»Ich war in deinem Atelier in Paris, Constantin! Da war alles weiß, ein großer Herd aus weiß gestrichenem Lehm, und an der Wand eine lange weiße Bank.«

Und Constantin sagte bewegt: »Ja, Lidy! Genauso sieht es da aus.«

»Ich stand mitten im Raum und rundum auf Holzsockeln ovale Frauenköpfe und Vögel aus weißem Stein.«

»Ja«, sagte er, »genau!«

»Liebst du mich, Constantin?«, fragte sie unverhofft, mit fiebrigem Blick.

Und er zog sie unter sich und sagte: »Ja, Lidy, ja! Ich liebe dich! Und mir ist, als hätten wir uns schon immer gekannt.«

Sie stemmte ihm die Ellenbogen in die Brust.

»Es war so eng und voll, dass ich kaum vorwärtskam. Ich wollte zu dir, Constantin, und ich sah dich ganz hinten, beim letzten Fenster. Ich rief dich, mehrmals, aber du hast das Fenster geöffnet und bist hinausgetreten.«

Constantin wischte ihr die Tränen aus dem Gesicht und fragte:

»Bin ich gestorben?«

»Nein, Constantin. Du warst uralt und liefst gebückt, mit einer roten Gießkanne in der Hand. Du bist auf den Wolken gegangen, mit so drolligen karierten Hausschuhen, wie mein Großvater welche hatte, und hast die Wolken begossen.«

»Und du, Lidy? Hast du gelacht?«

»Ich habe dir vom Fensterrahmen aus zugeschaut, Constantin. Und hatte so Mitleid mit dir!«

Tränen liefen ihr wieder übers Gesicht in die Ohren, und Constantin sprang auf, um ein Taschentuch zu bringen.

Im neu geordneten Schrank fand er aber seine Taschentücher nicht mehr. Zwei Rotfüchse starrten ihn an, reglos, und verströmten den beißenden Geruch nach Mottenkugeln. Wahrscheinlich gab er ein hilfloses Bild ab beim Suchen, denn Lidy kam, um ihm zu helfen.

»Weißt du, Constantin«, sagte sie mit sanfter Stimme, als sie beide halb nackt in den Schrank hineingebeugt waren, »ich will ehrlich mit dir sein: Das ist nur eine Affäre. Ich bin eine moderne Frau.«

»Ja?«

»Ja.«

Sie schauten sich an und Constantin schluckte gleich mehrfach ein Lachen hinunter.

»Ich war Max Milners Geliebte bis zu seinem Tod«, sagte Lidy, »und auch das hat mir nichts bedeutet.«

»Ich schätze die moderne Frau«, sagte Constantin und wandte sich ab, durchsuchte weiter den Schrank.

In einer wirren Verkettung von Gedanken sah er sich

im trauten Atelier seinen Bronzevogel auspacken, um ihn herum seine von Max Milner verscherbelten Skulpturen.

»Ich brauche kein Taschentuch mehr«, sagte Lidy und strich ihm zärtlich über die Haare. »Komm wieder schlafen.«

Aber Constantin suchte weiter, »nur einen Moment«, sagte er mit peinlich jaulender Stimme, knisterte mit dem Seidenpapier in seinen Hemden.

Flugs zog Lidy ein wallendes Seidenkleid aus dem Schrank und streifte es sich über.

»Wie gefällt dir mein grünes Kleid?«, fragte sie und machte eine Pirouette, sodass sich die ganze Palmenlandschaft auf dem Kleid ausbreiten konnte.

»Schön!«, rief Constantin. »Max Milner war ein Mann mit gutem Geschmack.«

Lidy lachte. Für Max Milners Geschmack spreche auch, dass er Constantins Kunst mochte, nicht wahr? Das Kleid sei aber nicht von Max, sondern von ihrer Schwester aus Hutchinson. Und sie setzte an, von Hutchinson zu erzählen, ihrem Herkunftsort, auch Salt City genannt, da wüchsen keine Palmen, aber eben jene Sehnsucht nach Palmen.

Und Constantin lachte nun laut auf, entblößte seine ganze Zahnreihe und sah sich im Fenster, wie er ausgelassen lachte. Sie habe ihm schon einmal von Hutchinson erzählt! Prächtig amüsant, wie sie ihm von diesem Hutchinson erzähle und wie er, ein Trottel, versuche, einen Sinn darin zu erkennen. Wozu erzählte sie das? Jeder kommt von irgendwoher, das habe nichts zu bedeuten. Wichtig sei doch, wo man gerade sei.

Und er sah ihr Spiegelbild dem seinen näher kommen.

Ja, sagte sie ihm leise ins Ohr, da habe er recht.

Ihre Hand glitt von hinten über seine Brust, als sie sagte, dass es so eine amerikanische Angewohnheit sei, sich etwas einzubilden auf die Herkunft. Und als sie »Herkunft« sagte, küsste sie seinen Nacken; die »Herkunft« der Eltern und die »Herkunft« der Großeltern, sagte sie, immer wieder diese »Herkunft«. Vor allem den Leuten, die wenig zu erzählen hätten, sei die »Herkunft« so überaus wichtig, nicht wahr? Constantin spürte neue Körperflächen unter ihren Händen. »Herkunft« hier und »Herkunft« da, als wär's ein heftiges Ding, die »Herkunft«. Als sie sich umeinander verrenkt im Fenster spiegelten, gab es einen Knall; und wo sie sich soeben noch gespiegelt hatten, glänzten nur noch die Lichter der Stadt, wie ferne Galaxien.

»Die Glühbirne ist geplatzt«, sagte Lidy nüchtern und zog sich los, schraubte die Birne aus ihrer Fassung, tapste voran.

Schon lief sie hinaus in den Flur, die Treppe hinab, sodass Constantin nur noch benommen im Dunkel nach Kleidern suchte, sich die Hose hochzog, die Jacke vom Stuhl nahm, die er beim Hinuntergehen zuknöpfte.

»Warte, Lidy!«, rief er der wallenden Palmlandschaft hinterher.

Barfuß auf dem weichselroten Teppich am Empfang stand er neben ihr, als sie den beiden Rezeptionisten die kaputte Birne an der Fassung übergab und lachte und sich der eine Rezeptionist die Finger am Glas verbrannte.

Die Uhr hinter den beiden Männern mit den etwas schief sitzenden Pillboxhüten zeigte vier Uhr. Draußen war es noch dunkel.

»Wie lautet Ihre Zimmernummer, Madam?«, fragte der eine Rezeptionist mit belegter Stimme.

»927«, sagte Constantin schnell. Aber Lidy sagte, »gar nicht nötig«, sie könnte ja die Birne allein einschrauben.

Die Männer starrten sie an, während die Uhr hinter ihnen scharf tickte.

Da ging der mit den verbrannten Fingern ab, und Constantin beeilte sich zu sagen, »wirklich kein Problem«, Lidy sei seine angereiste Gattin. Er bat den anderen Rezeptionisten, Lidy als »Missis Avis« einzutragen, falls dies nicht schon bei ihrer Anreise erfolgt sein sollte, da seien sie sehr in Eile gewesen …

»Missis A-V-I-S« buchstabierte Lidy dem Mann, der dies langsam ins Gästebuch kalligrafierte, und sie nannte ihm ihren Vornamen verkehrt herum, »Ydil«. Sie ließ den Mann mit lang gezogenem Schnörkel »Idyll« notieren. Da kam auch der Kollege zurück, mit einer neuen Birne.

New York mit Lidy sei wahrlich ein Idyll, schrieb Constantin seinem Freund Jean, in aller Frühe, als Lidy noch schlief. Und dass es derzeit für ihn nur eine einzige Ästhetik gäbe: die der Überwältigung durch Lidy Maenz.

Doch kaum hatte er den Brief in den Umschlag gesteckt, empfand er alles Gesagte als hinfällig und freute sich, es wegzuschicken, über den Ozean.

*Prince frivole*, nannte ihn ebendieser Freund, verfiel Constantin doch so oft den schönen Frauen – genauso oft, wie er sich kavalierhaft, allen Anstand wahrend, aus der Affäre zog. Und auch diesmal galt es, nicht die Contenance zu verlieren, die Dame nicht in eine missliche Lage zu bringen. Denn dass er sich bald zurückziehen würde, war bei Lichte betrachtet klar. Was für ein Leben hätte er Lidy schon bieten können? Unverhofft zu Reichtum kamen Leute wie er nur im Film, wo Geschichten unwahrscheinlich sein durften, weil nur die wenigen Augenblicke gelungener Mimik zählten – eben die Kunst!

Als er vom Tisch aufstand, war er wacklig auf den Füßen und fühlte eine Schwäche im Bauch, wie ein schadhaftes Knetmodell, das bald zusammenklappen würde. Strenge Gedanken an einen Abschied lagen ihm nicht, überhaupt die Vorstellung vom Endgültigen. Er liebte diese Frau, die über sein ganzes Bett verrenkt dalag, mit geröteten Wangen, wie er wohl nie eine Frau zuvor geliebt hatte! Wobei … hatte er das nicht schon einmal gedacht, bei anderen Frauen, bevor die Erinnerung an sie schnell wieder verblasst war?

Und auch wenn er Lidy mit sich herumführen wollte, er konnte sich unmöglich verpflichten, als armer Künstler, als einer, der noch so vieles vorhatte, was überhaupt sich vorzustellen er nur konnte, wenn er allein war. Ein karges, unsicheres Leben an seiner Seite konnte einer modernen Frau wie Lidy keineswegs erstrebenswert erscheinen, da verdiente sie Besseres. Darauf würde sie schon noch zeitig genug kommen.

Er öffnete das Fenster, ließ die gelben Vorhänge im Wind hinausflattern und schaute hinab auf das morgendliche Getriebe, den motorisierten Verkehr und die quirligen Fußgänger, deren Schatten sich in der Seitenstraße langzogen, manche mit o-beinigem Gang, was ihn erheiterte.

Das Rattern und Brummen stieg zu ihm hinauf, stetig, wie der weiße Rauch von den Dächern ringsum, von einem vorbeifahrenden Zug, und er dachte an Lidy, wie sie in der Nacht den Arm mit der Glühbirne gehoben hatte, kurze rostbraune Haare unter der Achsel.

War denn die Achsel der Freiheitsstatue zu sehen? Das wollte ihm nicht mehr einfallen, wie er dort am Fenster saß, von ungeordneten Gedanken bestürmt, unentschieden, ob er denn vergnügt war oder niedergeschlagen.

# 24

Sie aßen in Lidys Lieblingsrestaurant, was immer das heißen wollte, denn sie saßen auf unbequemen Bänken, und es gab Sandwiches aus wattigem Weißbrot mit etwas Fasrigem und viel Mayonnaise, Brauselimonade, und als Nachtisch ein Stück Torte, schwammig und feucht, mit einer dickflüssigen gelben Creme und obendrauf einer bröckligen Zuckerglasur. Lidy griff über die schmutzigen Teller hinweg nach seinen Händen und rief: »Oh, Constantin, das fühlt sich nach zu Hause an, nicht wahr?«

Als sie aber wieder draußen waren, an der frischen Luft, und sich vor der Drehtür küssten, war der ganze Ekel weg und das Ziehen im Magen von der Verliebtheit allein. Und Lidy sagte vergnügt, sie habe eine weitere Überraschung, eine große, bei Cara Milner.

»Hat es mit meinem großen Prozess gegen die Zollbehörde zu tun?«

Lidy legte lachend eine halbe Pirouette hin und rief über die Schulter: »So ungefähr.«

Er lachte mit, und sie liefen Arm in Arm die Straße hinauf im gesprenkelten Licht der großen Platanen, angeregt von den vielen wohlwollenden Blicken. Ja, sie gaben ein vortreffliches Match ab! Lidy hatte sich schick gemacht, mit einem dunkelvioletten Kleid, ihrem grünen Hut und ebenso grünen Samthandschuhen. Und für ihn hatte sie aus dem Schrank den gämsfarbenen Dreiteiler ausgewählt und die Haare mit ihrem Lime Juice eingerieben. Sie hatte dabei gesungen und war manchen Tanzschritt gehüpft.

Was sie an Constantin so begeisterte, war seine Langsamkeit. Er hatte eine bedächtige Art, die womöglich der Alten Welt entstammte, wahrscheinlicher aber seiner sensiblen Künstlernatur. Es war verrückt, aber erst durch seine so fremde Gegenwart fühlte sie sich als echte New Yorkerin, als modernes City Girl! Mit Anrecht auf eine filmreife, wendungsreiche Lovestory.

Gegen 16.45 Uhr stiegen sie aus der Straßenbahn und liefen zu Fuß zur 690 Park Avenue zu Milners Haus, von dem hinter der hohen Ligusterhecke nur die dritte Etage zu sehen war, helles Licht hinter den bestickten Gardinen.

»Nun?«, fragte Constantin in beiläufigem Ton.

»Nun was?«

»Hat es mit dem Prozess mit der Zollbehörde zu tun?«

»Also damit, dass deine Kunst wahre Kunst ist?«

Er verdrehte die Augen, wusste nichts weiter, als Lidy einen Kuss aufzudrücken, da drückte sie aber schon auf die Klingel, und er sprang lachend zurück.

»Denkst du, ich bin eitel?«, fragte er heiter.

Sie schüttelte den Kopf. »Nein«, sagte sie, »nein, der Prozess …«

Da ging die Tür auf, brüsk wie im Film, und augenblicklich nahmen sie eine aufrechte Haltung ein.

Sie gaben ihre leichten Mäntel und seinen Hut am Eingang ab und folgten dem Dienstmädchen durch das diskret beleuchtete Entrée. Da war er also wieder im Haus seines Galeristen!

Es roch pudrig nach Nickel und Marmor und Constantin war, als würde die weiße Schleife über dem Gesäß des Dienstmädchens hell aufleuchten. Unverhofft erfasste ihn ein heiliger Schauer, und er hielt inne. Wie schön alles war in diesem Entrée, wie schön auch die vielen Hüte, nebeneinander aufgereiht auf der Hutablage: dickbäuchige Derbys, legere Fedoras und hehre Panamahüte, wahrscheinlich die Hüte von Max Milner. Alles in guter Ordnung, unumstößlich, nicht wahr? Constantin holte tief Luft.

»Keine Sorge«, flüsterte ihm Lidy zu. »Vertrau mir!«

Sie traten ein.

Im Salon war es warm und ruhig, in den großen Fenstern leuchteten Lichtstreifen grün wie Farn. Augenblicklich erspähte Constantin seinen Vogel, die aufgeblähte Brust in Richtung Kaminfeuer, im Rücken der Spieltisch, an dem vier Leute Karten spielten und rauchten, dabei weiße Dämpfe hinaufsteigen ließen.

Mit ausgestreckten Armen lief Lidy los und rief: »Cara!«

Und diese hob den Kopf und rief zurück, mit hoher Mädchenstimme: »Oh, wie schön, meine Liebe. Du bringst uns ja den europäischen Prinzen.«

Die kleine Gesellschaft drehte sich zu den neuen Gästen um. Dann rückten sie zusammen, machten Platz. Und während sich Lidy mit einem nonchalanten Luftkuss in die Runde setzte, ging Constantin um den Tisch, um jeden einzeln zu begrüßen, die Damen mit Handkuss, die Herren mit kräftigem Händeschütteln. Und er sah, dass er alle schon einmal getroffen hatte, hier im Haus: die Hausherrin selbstredend, die ältere Dame mit dem graublauen Dutt, den schneeigen Herrn in der Uniform mit den goldenen Achselschnüren sowie den eleganten Herrn, der auch zuvor an diesem Spieltisch gesessen hatte, selbstsicher und von Damen umschwirrt, ganz anders als auf der Hotelaußentreppe, wo er den Hut gelüftet hatte und verschämt »sorry« gesagt hatte, »sorry!«

Sein Blick aber war sofort von Miss Milners Halsschmuck gebannt, eine vielleicht meterlange Schlange, deren feste Umschlingung Miss Milners Hals alt und faltig aussehen ließ. »Die rostbraune Farbe steht dir«, sollte Lidy im Laufe des Besuchs verlautbaren lassen, während Constantin das leise bei Tisch züngelnde Exemplar mit allem verglich, was er in den Feldern auf seinem Fußweg nach Paris angetroffen hatte, meist ungefährliche Exemplare wie die Ringelnatter und die Würfelnatter. Die Schlange von Miss Milner aber war ungleich imposanter, mit glänzend rötlichen Schuppen, vor allem bei der beweglichen Verdickung unterhalb ihres Köpfchens, das auf einen kürzlich verspeisten Nager hindeutete, gleich oberhalb von Miss Milners nackter Schulter.

»Wir spielten Rummy!«, erklärte Miss Milner. »Kennen Sie das, Prinz Avis?«

»Ich kenne nur Rummikub.«

»Muss interessant sein«, sagte Miss Milner und schaute in die Runde.

»Kenne ich nicht«, sagte die ältere Dame dünkelhaft.

Die Männer zuckten mit den Achseln.

»Ich kann es auch nicht mehr«, sagte Constantin und lachte. »Ich vergesse andauernd alle Spielregeln.«

Da prustete Lidy los und schaute in die Runde, bis alle ebenfalls lachten. Und es entspann sich ein Gespräch über

Vergesslichkeit und Amnesie, und der schneeige Herr in Uniform erzählte von einem Soldaten, der amnesisch zu seiner Frau zurückgebracht wurde und durch einen Schlag auf den Kopf die Erinnerung zurückerlangte, nur um schockiert festzustellen, dass er eigentlich gar nicht verheiratet war und auch gar nicht aus der Gegend. »Die Frau war ebenso überrascht, meine Lieben, denn sie hatte weder ihrem Gatten noch dem heimkehrenden Soldaten ins Gesicht geschaut. Sie hatte aber den Soldaten als angenehmer empfunden!«

»Und am Ende haben sie geheiratet, nicht wahr?«, fragte Lidy.

»Ich glaube, der Soldat hat sich erschossen«, sagte die alte Dame.

»Ja, viele arme Menschen haben sich nicht ins Gesicht geschaut«, kommentierte auch der elegante Herr, »bis der Film aufkam mit den vielen Gesichtern in Großaufnahme.«

Da hob die alte Dame ihren Zeigefinger und sagte mit tiefer, schleppender Stimme: »Jedes Menschengesicht ist eine Hieroglyphe, deren Alphabet wir fertig in uns tragen. Es sagt mehr als der Mund und ist ein Kompendium all dessen, was dieser je sagen wird.«

Während dieser Konversation musste Constantin von der züngelnden Schlange wegschauen und den Leuten ins Gesicht, dem schneeigen Herrn mit dem rosigen Teint und der alten Dame, deren Gesichtshaut samt dicken Augenbrauen straff hinaufgezogen war zum kleinen graublauen Dutt. Und sie kamen ihm alle verkleidet vor, vor allem Miss Milner mit ihrem weiß gepuderten Gesicht, den rasierten Brauen und den schwarz umrandeten Augen und Lippen, als hätte sie es darauf angesetzt, dass man sagt, sie habe ihre Schönheit verhunzt.

Nur das Gesicht des eleganten Herrn interessierte ihn, die kantige Gleichmäßigkeit und die umschatteten hellen Augen. Als er an seiner Zigarette zog, den Blick auf die glimmende Spitze gerichtet, versammelten sich seine Züge zu einem bösen, grausamen Ausdruck.

»Herr Avis«, sagte er unvermittelt und hauchte den Rauch mit einem Säuseln aus. »Die Damen sind der Meinung, dass wir zwei gut zusammenarbeiten könnten, zu unser beider Vorteil. Miss Milner will Sie hier aufbauen, wenn ich das richtig verstanden habe.«

»Richtig, Arturo«, rief Miss Milner. »Deshalb hat ihn Pa herkommen lassen, unseren europäischen Prinzen – hier, ins Zentrum der Welt. Wer in New York ein Erfolg wird, hat Pa gesagt, der ist ein Erfolg!«

»So ist es«, sagte auch Lidy.

Und die ältere Dame sagte: »Ist aber nicht so leicht.«

»Aber verraten Sie uns bitte, Prinz Avis«, sagte der schneeige Herr, »wo haben sie den guten, alten Max kennengelernt?«

Alle schauten auf Constantin – und er schaute in die Runde, von Kopf zu Kopf, möglichst nicht auf den kleinen Kopf der Schlange, der sich von Miss Milners Arm aufbäumte, eine Hieroglyphe mit beunruhigender Botschaft.

»Mir ist, als wäre es gestern gewesen«, begann Constantin zu erzählen und seine Stimme klang leicht zittrig, wie von einer leiernden Platte.

Max Milner habe plötzlich in seinem Atelier gestanden, von weißem Marmorstaub eingehüllt und mit schwerem Gepäck über der Schulter.

»Ob Sie es glauben oder nicht, mein Lieber«, habe er

gesagt, »ich bin eigens aus Amerika gekommen, um Sie bei einer Partie Golf besser kennenzulernen.«

»Wo spielt man hier Golf?«, habe Constantin gefragt.

»Gleich in der Nähe, in Fontainebleau. Im Nu sind wir da: Ich bin motorisiert!«

So habe Constantin seinen Arbeitskittel abgelegt, ein weißes Jackett angezogen und sei mit dem unerwarteten Gast hinausgegangen in das ohrenbetäubende Gehupe und Geschrei. Max Milners großes Auto hatte nämlich zur Stoßzeit die Impasse-Ronsin-Straße versperrt, den Zugang zur Druckerei Vaugirard.

»Das ist eben Paris«, habe Constantin gesagt, sich für die Aufregung entschuldigt. Max hatte nur abgewunken, »das kenne ich alles, mein Lieber!«

Den Rest des Tages verbrachten sie auf dem Golfplatz.

Constantin hatte noch nie zuvor in seinem Leben einen Golfschläger in der Hand gehalten, aber als sie die Hügel hinauf- und hinabgegangen waren, über Gras und Sand, und über Wasserhindernisse, im Schatten der alten Pinien von Fontainebleau, gefiel ihm das Golfspielen an Max Milners Seite immer besser. Der Griff des Golfschlägers kam in seinen Händen ganz natürlich zu liegen, lag gut zwischen den Schwielen, er antizipierte präzise die Flugbahnen und schlug rund ab – als hätte ihn die Bildhauerei schon auf dieses Vergnügungsspiel vorbereitet. Am Schluss hat ihn Max Milner gewinnen lassen und ihm die Golftasche samt Golfschläger geschenkt.

»Die Tasche hängt seitdem in meinem Atelier«, schloss Constantin.

Lidy hob zum Klatschen an, in das auch Cara, der schneeige Herr, die ältere Dame und auch Arturo mit einstimmten.

»Bravo«, rief Cara Milner mit gellender Stimme. »Das war gut! Daraus könnte man auch einen Film machen, nicht wahr, Arturo?«

»Worauf ich vorhin hinauswollte«, sagte Arturo und drückte seine Zigarette aus, zerquetschte das letzte Glimmen mit seinem Daumen. »Sie können mir gut dienen und ich Ihnen.« Alle Blicke waren auf ihn gerichtet, als er sich eine weitere Zigarette anzündete und mit einem langen Säuseln den Rauch ausblies. »Es ist so, dass ich gerade einen Film mache und ganz schnell, eigentlich schon in drei Tagen, eine gewisse Frauenstatuette brauche, aus schwarzem Onyx.«

»Die Tochter des Generals spielt mit«, sagte Cara Milner.

»Pardon, es ist die Enkeltochter, bitte schön«, korrigierte sie der schneeige Mann.

»Wie auch immer!« Cara blies ihrer Schlange zwei Rauchkringel ins Gesicht. »Es wird eine Sensation! Vielleicht sogar mit Ton! Nicht wahr, Arturo?«

»Mal sehen«, sagte Arturo. »Wir machen zwei Versionen.«

»Diese Chance dürfen Sie nicht verpassen, Prinz Avis. Denn beim Film fängt alles an!«

»Ein Künstler muss stets in den Fokus rücken«, sagte die alte Dame mit dem graublauen Dutt. »Und während er immer mehr glänzt, erlischt seine Kunst, nicht wahr?«

»Wie auch immer«, sagte Cara Milner, die sich die Schlange vom Hals abrollte und auf den Schoß legte. »*Damenwahl* soll der Film heißen, sehr modern. Und wenn Sie diese Statuette für den Film machen, Prinz Avis, werden wir gute Werbung haben für eine Einzelausstellung Ihrer Werke.«

Constantin hörte zu mit geneigtem Kopf, hörte auch das Feuer im Kamin knistern wie elektrisches Drahtseil. Ein

Telegramm kam ihm in den Sinn, von einem Galeristen aus Avignon, das er nicht beantwortet hatte. Ganz Frankreich kannte nun seine Hoteladresse in New York, er hatte sie allen gegeben. Irgendwo in den Tiefen des Raumes flog ein grüner Papagei umher. Ob Miss Milners Lieferant diese Papageien hatte verzollen müssen?

»Ich schätze das Angebot sehr«, sagte er betreten, »und ich bedankte mich für das Vertrauen. Aber so schnell kann ich gar nicht arbeiten.«

»Sie können alles«, schloss Cara ab und legte die Schlange auf den Boden. »Passt bitte auf mit euren Füßen!«

Die Schlange zog sich langsam über das gewichste Parkett und spiegelte sich darin. Und Constantin war, als schlage das Parkett um sie herum kleine Wellen. Nur kurz kehrte er ihr den Rücken zu, um der alten Dame Feuer zu geben, da war die Schlange schon verschwunden.

»Sie verstehen mich nicht«, sagte er leise, den Blick auf dem grünen Filz des Tisches. »Ich kann gar nicht so schnell arbeiten. Ich muss die Steine erst einmal horten, mit ihnen leben, lange, manchmal Jahre, bis ich sie atmen höre und verstehe, wer darin ist und von mir befreit werden will. Erst dann traue ich mich, die Meißel anzusetzen.«

Am Spieltisch schauten ihn die Leute an, mit großen Augen.

Nur Arturo schaute seinem Rauch hinterher, detachiert.

»Sie haben uns missverstanden, mein Herr. Für festes Material bleibt gar keine Zeit, und auch kein Budget. Wir brauchen ein Abbild der Frau, die beim Rufen – die Hände am Körper, das Köpfchen im Nacken, den Mund weit aufgerissen – plötzlich versteinert wird, und dies in gefärbtem

Pappmaché. Sie kleistern es schnell in Pappmaché zusammen und wir sagen, es sei Onyx.«

»Genau«, sagte Cara. »Das machen Sie ja mit links.«

»Also, statt die Gute aus dem Stein zu befreien«, sagte die alte Dame, »werden Sie sie einfach versteinern!«

»Genau umgekehrt!«, rief der schneeige General enthusiastisch.

»Sie verstehen mich nicht«, sagte Constantin, aber Lidy gab ihm einen Tritt unter dem Tisch, zwinkerte ihm zu und sagte: »Natürlich kann er das, Cara! Er ist nur bescheiden, wie ein echter Prinz!«

# 25

Als es an der Tür klopfte, rollte er sich aus dem Bett – er war allein. Er blickte zum Fenster, das mit hellem rosafarbenem Nebel behangen war, darauf der Schatten eines Turms. Es klopfte wieder, mit Dringlichkeit.

»Ja, ich komme! Moment, bitte!«, er zog sich die Hose hoch, nahm die weiße Jacke vom Stuhl, knöpfte sie zu. Die Haare noch in Unordnung, öffnete er die Tür in den hell erleuchteten, leeren Gang. Etwas streifte sein Bein, eine Frau mit blassem Gesicht.

»Miss Fantoni!«, rief er im Flüsterton, »bitte stehen Sie auf!«

Sie aber war nicht auf den Knien, sondern klein wie ein Kind. Sie hob die Arme, im Handkelch eine blutrote Koralle, der noch Muscheln und Krustentierchen anhafteten.

»Kein Problem«, flüsterte Constantin und tätschelte ihre ondulierten Haare. »Kein Problem, ich kann sie schleifen und polieren.«

Da sprang Miss Fantoni durch den Türspalt und fasste ihn um die Taille, rammte ihm dabei die Koralle in den Steiß.

Er warf sie von sich und schlug die Tür zu, mit dem Fuß, als er noch auf dem Boden lag, in einer konkaven Schmerzwindung.

»Hilfe!«, rief er lautlos. »Hilfe!«, den Blick an die Decke geheftet, wo sich ein roter Fleck langsam weitete.

Allmählich konnte er die Beine nicht mehr bewegen. Die Versteinerung hatte eingesetzt.

»Wach auf«, rief Lidy, »wach auf!«

Sie hielt ihn an der Schulter, zwickte ihn unwillkürlich mit ihren langen, spitz gefeilten Nägeln.

Nein Lidy, wollte er sagen, warte noch, dass ich mich rette, jetzt, da ich weiß, dass ich nur träumte.

»Wach auf, Constantin!«, rief sie, so nahe an seinem Gesicht, dass ihn ihr Atem zwischen den Brauen kitzelte. »Wach auf!«

Er öffnete die Augen und blickte in ihr frisch geschminktes Gesicht, umarmte sie in dem wallenden Samtkleid mit den grünen Palmenkronen, drehte sie unter sich und biss ihr in die Lippenspitzen, sog den Lippenstift auf.

»Du hast geträumt«, sagte sie zwischen den Küssen.

»Ich träume eben auch.«

»Was hast du Fesselndes geträumt?«

»Von dir!«, sagte er, »von dir!«

»Und danach?«

»Danach wieder von dir.«

Sie stieß ihn weg.

»Sei ehrlich!«

»Gut«, sagte er lachend, »danach kam ein Monster.«

»Ein Monster?«

Lidy warf ihn auf den Rücken und wollte ihm nun ihrerseits in die Unterlippe beißen. »War ich das Monster?«

»Du«, sagte er verwundet, »du!«

»Ich werde mich um dich kümmern«, sagte sie. »Wart's ab!«

»Genau umgekehrt«, sagte er. »Ich werde mich um dich kümmern!«

Und er sah, wie sich ihre Augen verschoben, die Brauen auseinanderglitten. Sie war wohl gerührt.

»Bist du reich?«, fragte sie.

»Wohl kaum«, antwortete er.

Sie habe es geahnt, sagte sie, und wolle sich um ihn kümmern. Und während sie die Strümpfe aufrollte, sie am Halter festmachte, sprach sie unentwegt, dass er sichtbarer werden müsse als Künstler, als Person, die Presse sei derart personenfixiert, »kennst du Marcel Duchamp?« Das sei alles Nonsens, aber es habe ihm geholfen.

Und Constantin rief: »Stopp! Bleib bitte so!«

Da hielt sie inne, die Arme nach hinten angewinkelt zum Reißverschluss ihres Kleides: der linke unten an der Taille vorbei, der rechte am Kopf. Vielleicht habe er nicht mehr daran geglaubt, aber sie habe mit einer großen Anwaltskanzlei telefoniert, sagte sie, das Gesicht zum Fenster gedreht, die werde ihn gegen die Zollbehörde der Vereinigten Staaten vertreten, wegen der Zollgebühr für den Vogel.

»Wir machen ein riesiges Trara, Constantin, mit vielen Künstlern und viel Presse, ein Prozess, der in die Kunstbücher eingehen wird. Thema: Was ist überhaupt Kunst? Und die Antwort wird sein: deine Kunst, Constantin! Deine Kunst ist Kunst!«

Constantin zog ihr vorsichtig den Reißverschluss hoch.

»Was zirpst du da, kleiner Vogel?«

Sie komme am Abend wieder, sagte sie. Er solle bis dahin ins Studio gehen und »an der Puppe« arbeiten.

Sie schrieb ihm die Adresse des Studios auf, küsste das Blatt mit ihrem frisch aufgetragenen Lippenstift, eine Geste, die Constantin an etwas erinnerte, fern. Er kannte den herzförmige Lippenabdruck, und wohl auch das violett schimmernde Rot.

Dann war sie gegangen, und er blieb mitten im Zimmer stehen, mit leisem Unbehagen.

Was zirpst du da, kleiner Vogel?

Was zirpst du da … Tzip, tzip, tziriiiip. Oder war das wieder die Einsiedlerdrossel? Er öffnete das Fenster.

Tatsächlich! Da war sie wieder, die hohe Stimme der Einsiedlerdrossel, die ihn wie Mademoiselle Pogany anmotzte, ein bisschen auch wie Lidy.

Er löste sich aus der Starre und pfiff zurück, zwang sich zur Fröhlichkeit und pfiff. Er sog die kalte Luft ein, füllte die träge Lunge und pfiff, und pfiff hartnäckig, ahmte ihren Ruf nach, immer lustvoller, wie ihm schien. Und siehe da: Die Drossel nahm ihn als ihresgleichen an, stimmte mit ein in sein Pfeifen. Ja! Jawohl, das ist Kunst!

Heiter vor sich hin pfeifend, erledigte Constantin seine Morgentoilette, zog einen hellen Zweireiher an, richtete andächtig die nach hinten gekämmten Haare, trimmte den Schnurrbart, wie der *Prince paysan*, den er verkörpern wollte, wobei er sich an die Skulptur seines Onkels erinnerte, an dessen Haare, und hatte den plötzlichen Einfall, bei der nächsten Metallfigur nur noch die Riffeln der Haare zu patinieren.

Jawohl! Er schlug mit dem Kamm aufs Wasserrohr, mehrfach, beherzt, dass es nur so klirrte, Miss Fantoni zum Gruß.

Antwort erwartete er keine, auch wenn er annahm, dass sie noch da war. Sie hatte das Recht, ab und an ihre eigene

Filmfigur zu werden, ganz still und stumm. Ob sie wusste, dass er, Constantin Avis, *Prince paysan* und berüchtigter *Prince frivole*, eine Statuette von ihr machen würde für ihren nächsten Film?

Immer noch vor dem Spiegel dachte er an den schönen Filmproduzenten Arturo, wie er seine Old-Gold-Zigarette rauchte und dabei den glimmenden Punkt fixierte. Ob er auch Alba Fantoni so ansah?

Constantin war nun bereit. Bevor er mit Spazierstock und Hut hinauslief, schaute er auf das leere Nachttischchen aus dunklem Nussbaumholz, wo einst sein Vogel gestanden hatte … sein schöner Vogel, der nun in Miss Milners Wohnzimmer seinen Platz hatte, von einer Schlange umlauert und unter den kreischenden, ihre Notdurft vom Kronleuchter aus verrichtenden Papageien. Und er sagte laut: »Sorry! Sorry, mein Lieber!«

# 26

Obwohl Dora wünschte, er wäre wieder gefahren, musste sie ihn ständig ansehen – vielleicht aus einer vorweggenommenen Sehnsucht nach ihm. Und weil sie ihn so ansah, glaubte er, sein eitles Geschwätz fortführen zu müssen, von der alten Kanzlei in Genf, von der in Basel, in der Rittergasse, von dem neuen Büro in den Vereinigten Arabischen Emiraten. Diese Stimme, dachte sie, würde lange in ihr nachhallen. Und diese zusammengekniffenen Augen, wenn er sprach, würde sie bei anderen sogar schön finden. Auch diesen unansehnlichen Mund mit der dünnen Oberlippe, auf die sie schaute, so beharrlich, dass Regis sich mehrfach unterbrach, um sie zu küssen. Sie staunte über sich, die sie diesen so biederen Mann vermissen würde, sie ließ zu, dass er ihr Gesicht anfasste. Regis hatte große Hände, Hände, die sie in fast allen Büchern beschrieben hatte und mit denen er neuerdings angelernte, rudernde Gesten machte, die Handflächen nach oben gewandt.

Er sprach von einer neuen Wohnung in Basel, die er gekauft hatte und gerade renovierte, in die Dora mit Loris einziehen könnten. Und Dora fiel nichts anderes ein als: »Aber Loris ist doch Anhänger des FC Zürich.« Sie lachten. Und während sie lachte, dachte sie an die sehr baldige Zeit, da sie dieses gemeinsame Lachen hier in Santa Margherita Ligure, auf den grünen Hotelliegen am Meer, vermissen würde, in allen Einzelheiten – zu Regis' Vorteil revidiert.

Bald, sehr bald würde alles vorbei sein, in einigen Tagen schon, wenn nicht gar in Stunden. Und dass die Stunden vergingen, und auch die Tage, und sie nun eine ungewohnt lange Zeit zusammen verbrachten, konnte nur bedeuten, dass es diesmal der endgültige Abschied sein würde.

»*Che bell'uomo!*«, sagte Signora Cavallaro, »Was für ein schöner Mann!«

Von ihrem runden, weiß gedeckten Tischchen aus schauten sie ihm beide zu, wie er mit Loris und Arturo auf dem nassen Rasen herumrannte, hin und her zwischen den Fenstern zum Restaurant und dem Gärtner, der dabei war, einen ausgetrockneten Strauch auszureißen, daran rüttelte und zog und schließlich in einer großen Staubwolke verschwand.

Und ein wunderbarer Vater sei er auch.

Oh nein, sagte Dora, er sei nicht Loris' Vater. Nur ein Bekannter auf der Durchreise!

»*Comunque*«, sagte die Signora, und Dora zuckte mit den Schultern, sie hatte ein irritierendes Gefühl von Déjà-vu. Ihr war übel vor Müdigkeit, und sie war ermattet von diesem Gespräch, an dem sie nur aus Trägheit teilnahm. Dabei wollte sie allein sein am Schreibtisch, im Mund nur dieses Pochen fühlen, mit der Zunge ihre Bisswunde abtasten.

Drei Nächte war sie schon bei Regis gewesen, auch zwei gestohlene Nachmittage, ansonsten saß sie stundenlang allein in ihrem Zimmer, Sätze schreibend, die sie dann wieder tilgte, wartend, dass Regis kommen und dann für immer weggehen würde.

Zu Mittag liefen sie zu viert über die Piazza del Sole und dann die Corniche entlang, Loris mit Macedonia, Dora mit Regis hinterher. Man hätte sie für eine Familie halten können, für eine italienische Familie sogar.

»Ciao, Macedonia«, riefen die Leute, »wie geht es euch?«

Und Macedonia öffnete die Arme, auf alle deutend und sagte: *»Bene! Bene! Grazie!«*

Sie aßen nicht mehr im Santa Lucia, wegen der Krebse im Schaufenster, sondern in kleinen Lokalen, Pizza und Focaccia auf die Schnelle. Und es war nur Macedonia, die stets eine andere Pizza bestellte, nach den Zutaten fragte, auch beim gemischten Salat. Sie war die Lebhafteste am Tisch, nahm die Servietten aus dem Halter und teilte sie aus.

Anfangs war sie von Regis' Erscheinen eingeschüchtert gewesen, da hatte ihr Dora gesagt, Regis sei ein alter Bekannter, der nur kurz in Ligurien bleibe, nur sehr kurz – und sie hatte es in Macedonias Sprachgemisch gesagt, das sie zu Beginn so irritiert hatte. Mittlerweile irritierte es sie nicht mehr … *Comunque*, wie auch immer.

# 27

Vier Tage nach Regis' Ankunft, an einem Donnerstag, machten sie einen Tagesausflug nach Genua.

Der Zug fuhr die Küste entlang, langsam, hielt immer wieder an und hatte am Schluss, auf der kurzen Strecke, eine fast zweistündige Verspätung. Ein- und aussteigende Passagiere ärgerten sich; brüske Gesten spiegelten sich in den Fenstern, gegen das Meer und die Seekiefern, die gelben Wohnhäuser von Camogli, flatternde Bettwäsche auf den Balkonen und abgefallener Verputz. Und Dora freute sich über diesen Ausnahmezustand, über die verstiegene Vorstellung, diese malerische Misere könnte sie jederzeit zu ihrem Alltag machen.

Als die singende Frauenstimme mit *»gentile signore e signori«* zur Ankündigung der Zugverspätung ansetzte, rutschte Macedonia zu ihr hinüber und flüsterte: *»Ma vaffanculo!«*

Dora prustete los, lachte so sehr, dass sie sich verschluckte und hustete. Und Regis stand auf, um ihr auf den Rücken zu klopfen, strich ihr über die Taille.

Sie ließ sich nichts anmerken, auch nicht in den dunklen Gassen von Genua, wo er sich zurückfallen ließ, um ihre Hand zu fassen, unter tropfender Wäsche, vorbei an chinesischen Läden mit elektronischem Krimskrams und dem kleinteiligen Angebot in Tüten. Passanten lächelten ihnen zu wie einem Liebespaar.

»Schau, wir laufen im gleichen Schritt.«

»Ja.«

»Im Sommer organisiere ich euren Umzug.«

Sie nickte. Es konnte nur noch Stunden dauern, bis er wieder weg war.

»Soll ich diese Ohrringe nehmen, Regis, oder diese?«

Er schaute zu ihr, mit seinem engen Blick, und sie wusste sofort, dass sie die Glitzerohrringe, die er für sie auswählte, nie tragen, aber doch für immer behalten würde.

Sie ließ sich die Hand halten, hinter einem marmornen Löwen den Nacken küssen, auch in den Innenhöfen der Palazzi auf Le Strade Nuove oder auf dem Turm der Kathedrale San Lorenzo, zwischen den schmalen Säulen, als er ihr ein Insekt aus den Haaren klaubte.

Im Toilettengang der Pasticceria Marescotti di Cavo kam er ihr hinterher, zog sie hinter eine Tür und küsste sie so überstürzt, dass sie fürchtete, sich dabei die Nase zu brechen.

»Du hast es versprochen, Dora.«

»Ja«, sagte sie nur, »ja«.

Ob sie nicht ins Aquarium gehen wollten, fragte er im Hafen, und Dora wusste sofort, warum er durch die dunklen, verwinkelten Aquarienräume ziehen wollte.

»Nein«, rief Loris. »Da war ich schon. Und sie halten Delfine, das sollte verboten werden.«

Sie nahmen das Schiff für die Hafenrundfahrt. Regis setzte sich neben Dora, breitbeinig, lehnte sein Bein an das ihre.

Sie schaute hinaus, den Arm um Loris, hörte der singenden Frauenstimme, die auf Italienisch, Englisch, Französisch und Deutsch erklärte, was zu ihrer Linken und zu ihrer Rechten zu sehen sei: der Industriehafen, Magazzini del Cotone, der alte Leuchtturm, Bigo von Renzo Piano. Das alte Schiff tuckerte, blaue Rauchwolken fielen in Stößen auf sie herab. Regis wandte sich um und schaute, ließ hin und wieder die Hand auf Doras Knie liegen. Und auch Macedonia schaute links und rechts, machte Fotos mit ihrem Mobiltelefon, so wie die südamerikanischen Touristen, die mitfuhren.

»*Ay tia, que bonito!*«, sagten sie.

Nur Loris war unruhig. Er hatte sich das Hemd mit Tomatensoße bekleckert, sich die Soße auch an der Hose abgewischt, und nun blickte er sich verwirrt um, mit kindlicher Empörung, und fragte: »Wohin soll ich jetzt schauen?« Immer lauter: »Wo, Mami? Wo soll das sein? Ich sehe nichts!«

Er strich sich über das Hemd, saugte an den Flecken, sodass manche gelb waren, rundherum auch grün und braun.

»Lass das, Loris! Das ist doch ein schönes Muster. Als wäre es so gewollt.«

Er verdrehte die Augen. »Klar, Mami, klar! Das ist große Kunst, ich weiß!«

»Pssst! Hör jetzt zu!«

Er stand auf.

»Setz dich bitte wieder hin, Loris!«

»Aber wo ist das, von dem sie redet, Mami? Ich sehe nichts!«

Er hatte ein fiebriges Gesicht, gleich würde er anfangen zu weinen.

»Links, Loris«, sagte Dora, »*sinistra sulla collina* heißt links auf dem Hügel. Warte, sie sagt es gleich auf Deutsch!«

Und als nur das Meer zu sehen war, sagte sie: »Hab bitte

Geduld, Loris, du siehst es gleich. Und hör zu, wie interessant: Marco Polo war hier im Gefängnis!«

»Aber, Mami, wo siehst du hier einen Palazzo? Hier ist nichts.«

Auf dem Rückweg ertönte die Stimme des Kapitäns, *»gentile signore e signori«*, eine lustige Verwechslung! Er habe auf der Hinfahrt die Führung für den Rückweg abgespielt und entschuldige sich dafür.

Er ließ dieselbe Führung nochmals laufen, das aber versetzte aus irgendeinem Grund die südamerikanischen Touristen erst richtig in Aufruhr. Sie pfiffen und johlten, bis der Kapitän den Ton abstellte.

# 28

Ihm war nicht nach arbeiten, aber ihm fiel nichts ein, was er stattdessen machen konnte, bis Lidy wieder bei ihm war.

Das Dachatelier an der 5th Avenue, wo er die Statuette bauen sollte, hatte er mit einem anderen Künstler zu teilen, Bo irgendwas – er hatte den Namen nicht richtig verstanden. Der Herr nuschelte in seinen Walrossbart, aus dem rote Farbe auf Hemd und Weste tropfte, er wischte sich die rot besprenkelten Hände an der Hose ab und schob die Papierbögen beiseite, sodass Constantin eintreten konnte.

Constantin bedankte sich zugewandt und trat ein.

Er hängte seinen Mantel auf, neben dem Mantel des Kollegen, legte den Hut neben dem anderen Hut ab, stellte den Spazierstock in den Spazierstockständer, und äußerte noch auf der Schwelle seine Bewunderung für das gelbe diesige Licht dieses Dachateliers, dessen Größe wegen der vielen Kartons und gestapelten Möbel und Utensilien schwer abzuschätzen war.

Hinter einem Paravent erblickte er auch eine Matratze auf dem Boden, und überall die Werke von Herrn Bo, mit farbigen Linien und Punkten.

Herr Bo murmelte einen Dank und ging voraus, trat unachtsam über seine Werke, nahm die mancherorts noch frische

Farbe auf die Sohle und trug sie beim Gehen auf andere Werke auf, während ihm Constantin, behutsam zwischen die Kunstwerke des Kollegen tretend, folgte, hin zu seinem Platz in der vorderen Ecke beim Fenster.

Aus einem der gegen die Wand gestapelten Pakete reichte ihm der Kollege einen sauberen Kittel, obwohl er selbst keinen trug, einen großen Kessel und mehrere Dosen Leim, und wies ihm den Weg zu der kleinen Toilette hinten rechts, wo er Wasser holen konnte. Dann murmelte er etwas, mit einer Verbeugung, und ging die Fensterfront entlang zurück zu seiner Staffelei.

Allzu gerne wäre ihm Constantin gefolgt, hätte sich mit Herrn Bo unterhalten, sich nach seinem Werk erkundigt, nach seiner Art zu arbeiten. Was aber konnte er mit einem Herrn reden, von dem er fürchtete, ihn nicht zu verstehen?

Er zog den weißen Kittel an, strich die wolkigen Stellen um die Knöpfe herum glatt, nur um den Kittel gleich wieder aufzuknöpfen, auf der Suche nach seinem Taschentuch. Staub und Ölgeruch behagten ihm, dem reisenden Künstler, nicht mehr. Seines Ateliers in Paris entsann er sich nur noch fern.

Nun denn: Hier, in diesem Dachatelier an der 5th Avenue, sollte er seine Damenwahl-Statuette erschaffen, angeregt, oder vielmehr beschämt vom unbedingten Körpereinsatz seines Schaffensgenossen, der nun eine rote Farbmischung aus einer Flasche trank und unvermittelt, mit großer Sprengkraft, die Farbe herausspuckte, unter dem wehenden Walrossbart hindurch auf die Staffelei vor sich. Und wieder setzte er die Flasche an, trank stoisch, auf den entscheidenden Schluck wartend, den er herausprusten würde. Er trank, trank, trank, trank, füllte sich die mächtigen Backen, um dann loszuspucken mit kräftigem Strahl. Er wand den Kopf in einer Kreisbewegung, näherte sich der Staffelei, sobald der Strahl schwächer wurde, und spie alles heraus, würgte gar.

Constantin passte es nicht, einem solch intimen Schaffensprozess beizuwohnen, und er hoffte, ihn durch seine Anwesenheit, in keiner Weise zu alterieren.

So setzte er sich diskret auf einen Sessel und zog die oberste Zeitung aus dem Stapel mit der gestrigen Presse, begann, darin zu lesen.

*Hoch, immer höher*, stand unter einem Bild, das aus seiner Feder hätte stammen können und der Entwurf für die Bank of Manhattan war, das mit fünfundsiebzig Stockwerken und einer Höhe von mehr als zweihundert Metern das höchste Gebäude von New York werden würde. Er konsultierte seine Uhr, es war erst zwanzig nach zehn. Ihm fielen schon die Augen zu, die Arme hingen schwer herunter, im ganzen Körper eine seltsame Zerschlagenheit. Und als er vor sich hin schaute, auf ein Bild von Herrn Bo, mutete ihn die Anordnung der farbigen Punkte an, als zeigten sie Lidy: Lidy im Dreiviertelprofil, mit Kirschen am Ohr. Wie zart ihr Ohrläppchen war, fast schon durchscheinend. Um diese Uhrzeit war sie in der Galerie und schäkerte vielleicht mit einem dieser ausgefuchsten Selbstdarsteller, die sich Künstler nannten.

Er hob die Brauen, blätterte in der Zeitung und besah die Fotografien darin, hielt länger inne bei der eines gewissen Charles Lindbergh, der mit einem kleinen Flugzeug allein über den Atlantik fliegen wollte. Der technische Fortschritt war nicht mehr aufzuhalten, die Menschen wurden immer kühner, bauten höher und höher, flogen wie die Vögel, bald schon auf den Mond.

»Wer könne schon etwas Besseres bauen als diesen Propeller?«, hatte ihn der aufsässige Duchamp gefragt. »Du etwa?«

Er blätterte weiter und las die kurzen Meldungen aus der Welt, von Königen und Diplomaten, Anarchisten und Wirtschaftsspionen.

Und einen davon erkannte er im Bild sogleich: *Fünfsternegeneral Doug L. Todd Jr. im New Yorker Jachtclub, in Begleitung seiner siebzehnjährigen Enkeltochter Adelaide Lorraine, die jetzt als Schauspielerin zu wirken beginnt.*

Der schneeige General mit der weiß gekleideten Enkelin am Arm hob die linke Hand zum Gruß.

Und Constantin nickte betrübt, dass alle so gut passten in diese Welt, und nur er so lose war, eine Feder im Wind.

Er hörte Herrn Bo die Farbe herauspusten und wollte nur noch die Augen schließen. Schlafen, träumen – ein bisschen von Lidy träumen, die so weich war und warm. Fast meinte er, sie auf dem Schoß zu halten, die Arme um sie geschlungen. Wenn er nur auf ihren Hinterkopf schauen könnte, die steile Linie ihres Pagenschnitts hinab auf den Hals. Im Hotel wohnten sie als Ehepaar Avis. Was, wenn sie es nicht ändern würden? Wenn sie einfach so weiterleben würden, als Paar? Konnte er diese Vorstellung zur Wirklichkeit machen? Wenn nicht, dann wozu überhaupt auf die schöpferische Vorstellungskraft eines Künstlers pochen?

Seine Augen juckten vom Atelierlicht, die Zeilen tanzten ineinander, um sich nach einer Weile wieder zu setzen. *Gute Qualität findet beim Konsum leicht Unterkunft*, las er, und weiter, in der Rubrik Stellenmarkt: *Großbankdirektor sucht entsprechende Tätigkeit.*

Er blätterte zu den Artikeln über die technischen Erfindungen – die waren ja fast schon Kunst, warum dies nicht zugeben? *Das moderne Straßenbild wird um eine furiose Erscheinung bereichert werden. Schon öfter hat man den Versuch unternommen, sich mit einem Rad auf einem endlosen Gleis vorwärtszubewegen. Die Italiener Giovanni Ciana und Filadelfio Lanza stellen ihre geistreiche Erfindung vor: Das CiLa-Motorrad! Der Fahrer setzt sich in den Mittelpunkt des menschengroßen tatsächlichen Rads, bewegt es mithilfe eines Pedalengetriebes vorwärts und kommt so, einfach und schnell, an sein Ziel. Damen dürften dieses Rad, sofern sie auch darin der Mittelpunkt sein wollen, gerne verwenden.*

Constantin fand sich nun redlich amüsiert. Das Rad dürfte Duchamp ausgesprochen gut gefallen. Aber Lidy?

Er sah sich Lidy ein CiLa-Motorrad mit großer Schleife schenken, versuchte, sich in dieser Vorstellung zu verlieren, während er hiersaß, im weißen Kittel, wie ein Arzt – und wenige Meter daneben unüberhörbar ein Irrer, der mit roter Farbe gurgelte, fest davon überzeugt, er mache Kunst.

Was ist denn überhaupt noch Kunst, bitte schön?

Da war er bei der letzten Zeitungsseite angelangt, die mit den vielen Reklamebildern, und las: »Die Glatze droht!«

Er widerstand der Versuchung, sich den Kopf abzutasten; natürlich hatte er noch keine Glatze! Und wenn, dann war er sicher nicht so eitel, dagegen anzukämpfen. Obschon er zumindest die Haarlotion *für rabenschwarze Haare ganz ohne färben* ausprobieren könnte, warum nicht mit den Erfindungen der Zeit gehen? Die verdichtete auch das Haar: *tausend eingegangene Dankschreiben zufriedener Kunden, notariell beglaubigt.*

Er fand sich allein lächelnd wieder, ungesehen, zwischen Zeitung und seinem Spiegelbild in der staubigen Fensterscheibe.

Wieder diese erschlagende Mattigkeit, eine große Unlust, etwas zu tun. Nur, was wollte er nicht tun? Und was blieb noch übrig?

Lidy …

Lidy … Lidy!

Eines nach dem anderen, sagte er sich und stand, wenn auch widerwillig, auf. Bedächtig riss er die Zeitungsseiten entzwei, dann in kleine und noch kleinere Schnipsel. Wie ein kleiner Angestellter, sagte er sich; und wie der Großbankdirektor, genauso gefangen in seinen Pflichten. Reißen und schnipseln. Wasser holen im Eimer, den Kleister anrühren, darin versunken sein Schatten, der sich regte und regte, als wisse er um einen Sinn.

Später würde er die schwarze Farbe auf die Statuette pinseln, sie lackieren, damit sie glänzt wie Onyx. Ein Geist würde dem Ganzen schon noch zufliegen.

*Dauerwellen beim erfahrenen Fachmann*, las er auf einem Schnipsel, den er gerade zukleisterte, *Gummistrumpf gibt dem Bein die vollendete Form*. Ach, Lidy!

# 29

Es war am späten Samstagmorgen, sie hatten im Speisesaal gefrühstückt und viel gelacht, auch wegen des Champagners, den ihnen Regis eingeschenkt hatte.

»Lass uns bitte nicht allein trinken, Macedonia!« Und sie hatte mitgetrunken und mit diesem ansteckenden Lachen angefangen. Sie hatte über alles gelacht, was Regis erzählte, so gelacht, dass ihr die Augen tränten. Loris hatte ihre Wangen berührt, die roten Flecken darauf: »Das ist Südamerika! Oder nein: Afrika, Macedonia! Schau, Mami: Das ist Afrika!«

»Genau!«, hatte Dora gerufen. »Schau, Regis, da ist auch Madagaskar, der kleine am Ohr!« Worauf sich Macedonia unter den Tisch geduckt hatte vor Lachen – und dabei Regis' Schnürsenkel verknotete. Welch ein Spaß!

Es war so hell gewesen im Saal, auch von den hohen Spiegeln rundum, alles darin ins Unendliche gereiht, Kronleuchter, weiße Fliedersträucher, weiß gedeckte Tische mit Silberkannen, vervielfältigt auch der weiß livrierte Gigi Amoroso mit dem funkelnden Tablett. Und mitten im Bild dieser Unendlichkeit Regis' fleischliche Gegenwart: Regis mit dem blauen Teller Sfogliatelle mit Zimt, Regis mit der dampfenden Kaffeetasse, Regis, die Arme ausgebreitet zur rudernden Geste, die Handflächen nach oben. Regis, der zu ihr schaut, ein fester Blick mit leicht zusammengekniffenen Augen, und doch mit der vereinbarten Indifferenz, so kulant ihr gegenüber wie auch Macedonia.

Nun wollten sie tatsächlich alle zusammen nach Portofiono spazieren, durch die Olivenhaine am Tigullischen Golf entlang bis zur südlichen Spitze des Parco di Portofino. Und Loris, gebannt vom Lachen seines geliebten Kindermädchens, hatte gar nicht mehr gesagt, er wolle nicht nach Portofino.

Am Hotelausgang aber kam Signora Cavallaro auf sie zugestürzt, ein wallender Pucci-Umhang aus Seide. Sie wolle sofort Dora sprechen, Signora Marcu, allein, und zog sie beiseite auf die Terrasse.

»Ist etwas passiert?«

»Ja«, sagte die Signora, sie hätten ein ernsthaftes Problem, *»un problema serio«*. Sie könne nämlich ihren purpurnen Korallenzweig nicht finden! Der war in Gold eingefasst und hing an einer goldenen Kette, ein Geschenk ihres verstorbenen Mannes.

Signora Cavallaros Hände zitterten.

Dora nahm sie in die ihren und sprach beruhigende Worte, »er wird wiederauftauchen. Machen Sie sich keine Sorgen!«

Aber die Signora zog ihre Hände zurück.

Sie habe das Schmuckstück immer bei sich aufbewahrt, in der Handtasche, habe es hier nie getragen und nur ein Mal herausgenommen, um es Macedonia zu zeigen. »Ihr Kindermädchen«, sagte sie, »war ganz versessen auf den Korallenzweig, wenn Sie verstehen, was ich meine.«

»Ich verstehe nicht, was Sie meinen!«, sagte Dora.

»Doch. Sie verstehen mich schon ganz richtig.«

»Verdächtigen Sie etwa mein Kindermädchen, ihr Schmuckstück entwendet zu haben?«, fragte Dora scharf.

»Ja! Geradeaus sage ich Ihnen: Ja! Nur Macedonia kann es gewesen sein.«

»Das ist eine schwere Anschuldigung, Signora.«

Es sei ihre Art, Dinge direkt auszusprechen, ohne Umschweife, entgegnete Signora Cavallaro. Sie hätte auch gleich die Polizei holen können, aber sie habe erst mit Dora, von Dame zu Dame, sprechen wollen. *»Una donna svizzera, un'intellettuale! Non è vero, Ettore?«*

Ettore, der dazugekommen war, bestätigte: Laura habe kein Trara machen wollen in einem Hotel, in dem man sie seit Jahren kenne und wo bislang nie etwas passiert sei. Dora könne das doch ebenfalls diskret angehen, das arme Mädchen zur Raison bringen, damit es die Kette zurückgebe.

»Das ist hanebüchen«, sagte Dora, nunmehr aufgebracht. »Ich lege meine Hand ins Feuer für diese Frau, der ich mein Kind anvertraue.«

»So?«, kommentierte die Signora verächtlich. »Dabei arbeitet sie erst seit zwei Wochen für Sie. Das hat sie mir selbst gesagt. Ich habe vielleicht mehr mit ihr geredet als Sie, die Sie so abwesend sind!«

Sie sagte *»assente«*, das »S« lang gezogen wie ein Schnitt.

»Lassen Sie uns nicht streiten«, bat Ettore. »Laura darf sich nicht aufregen, sie hatte zwei Bypass-Operationen.«

»Was erzählst du für einen Unsinn, Ettore?«

»Ich sage nur, dass wir uns nicht streiten müssen. Wenn du die Kette zurückbekommst, lassen wir die Sache fallen.«

»Ich streite nicht«, sagte die Signora. »Sie streitet!«

»Ich streite gar nicht«, sagte Dora mit gesenkter Stimme.

»Ich beharre nur auf dem Standpunkt, dass wir ehrliche Leute sind, was auch immer Sie veranlassen sollte, das Gegenteil anzunehmen!«

Dora hörte sich ausatmen, mit einem Säuseln, erblickte am Boden eine leuchtende Diagonale auf den Fliesen, wahrscheinlich eine Wasserlache. Und plötzlich kam ihr die ganze Szene unwirklich vor, wie sie dastand auf der Terrasse, mit einem leichten Druck im Rücken.

»Aus Rücksicht auf Ihre Befindlichkeit«, hörte sie sich sagen, »werde ich diese Unterredung nicht als Beleidigung auffassen, sondern sie hier und jetzt vergessen.« Und dann sagte sie noch: »Ich empfehle mich!«. Sie vollzog eine halbe Pirouette und ging.

»Ich rufe die Polizei«, rief ihr Signora Cavallaro hinterher. »Ich rufe die Polizei, Ettore! Halt mich bitte nicht auf!«

Auf der Türschwelle drehte sich Dora um und rief, am alarmierten Rezeptionisten vorbei: »Ja, wunderbar, Signora Cavallaro: Dann rufen Sie doch die Polizei!«

# 30

Summend lief Dora aus dem Metropole, hangelte sich gedanklich einen blödsinnigen Text entlang: *»Ev'rybody's doin' it, doin' it, doin' it, ev'rybody's doin' it, doin' it, doin' it«*. Sie wollte sich nichts von der Aufregung anmerken lassen. Sie lief mit Loris, Macedonia und Regis die Promenade entlang, ließ sich das Gesicht von den Haaren zuwehen und tat es den anderen gleich, die blinzelten und Grimassen schnitten im gleißenden Licht und im Wind, der in Stößen übers Meer herankam.

»Schau«, sagte sie zu Regis und zeigte auf die Passanten mit den Sonnenbrillen. »Der unheimliche Chor einer antiken Tragödie, nicht wahr?« Vor dieser Häuserkulisse mit den Fenstern und Türen stand der Chor, bereit, ein unheilvolles Schicksal zu kommentieren, das eines hochmütigen Menschen. Brüsk würden sie sich zur Promenade hin drehen und ihre Münder aufreißen, laut und deutlich deklamieren, unisono, im Singsang und mit lang gezogenen Vokalen. Nur was? Ihr fiel nichts ein. Etwas Furchtbares musste es sein und auch zu ihrem Text passen. Denn warum noch Kunst, wenn nicht, um darin das Böse untergehen zu lassen?

Regis streifte ihr die Haare aus dem Gesicht, griff ihr am Kinn entlang in den Nacken, so wie sie es mochte, aber sie wand sich, nahm etwas von Loris entgegen, schlaffe Blumen und Steine.

*Assente* sei sie, abwesend. Vertraute sie einer Kriminellen?

Sie bestellte für Macedonia einen Kaffee durchs Fenster, einen auch für Regis, der aber keinen wollte. Sie trank ihn selbst, dann noch einen. Sie suchte nach Worten für den unheimlichen Chor, schaute zur Promenade und sah bei der alten Telefonkabine einen Mann mit einem Helm im Arm, er trug ihn wie ein Täschchen und wartete darauf, abgeholt zu werden.

Dora fragte nach Stift und Papier und begann, gleich draußen am Thekensims zu kritzeln.

»Nur, dass ich es nicht vergesse«, sagte sie. »Bitte entschuldigt mich kurz!«

Der Wind machte sie unruhig. Wie auch ihren Sohn Loris, der hin- und herlief, Steine aufhob und wieder fallen ließ, Blätter und Federn, die er ihr schenkte.

»Mami, die arme Taube hat eine Schnur am Fuß und hinkt. Bitte zieh sie ihr weg.«

»Wo ist sie?«

Sie schaute auf, konnte auf der Piazza aber keine Taube mit Schnur entdecken.

»Siehst du sie, Regis?«, fragte sie.

»Da!«, rief ihr Sohn und zog sie am Arm, er deutete zur Kirchentreppe, auf eine Taubenschar, die gerade aufflog, ungeordnet, mit wildem Flügelschlag, mittendrin ein Mädchen in Rosa, das hinter ihrem Schnuller schrie und die kleinen Beine auswarf.

»Und ihre Mutter lacht auch noch!«, sagte Loris entrüstet. »Was ist daran bitte so lustig?«

Er ging schnurstracks auf die fremde Mutter zu. Und Dora sah ihn auf die Frau einreden, Gesten machen für Herzklopfen, für Schnur und für Hinken. Er wollte ihr klarmachen, dass man Tauben nicht aufscheuchen sollte. Die Frau nickte, und nickte nochmals, und winkte ihm freundlich zu, bevor sie wieder ihre Tochter fotografierte, unter auffliegenden Tauben.

Und auch Macedonia tat jauchzend einen Sprung auf der Piazza, und noch einen, ihrem weißen Hütchen hinterher, setzte es sich auf den Kopf und lachte, nur um es sich wieder wegwehen zu lassen. Loris lief ihr hinterher. Da drehte sie sich brüsk um, fing ihn auf und drehte ihn im Kreis.

*Assente* sei sie als Mutter. Grausam zu ihrem Kind und unachtsam. Und ruppig Macedonia gegenüber, die sich so gut kümmerte.

Aber bald würde sie diesen Roman zu Ende geschrieben haben und frei sein, anwesend!

Sie schaute zu den Blättern, wie sie durch die Luft gewirbelt wurden, trockene Blätter, die weder im Herbst noch im Winter gefallen waren und nun im Frühling fielen.

Was sie aufschreiben wollte, hatte sie vergessen. Einen Chor? Sollte es mit einem Chor enden?

Ach, nein, mit dem Prozess ... dem Prozess um den Vogel und die Kunst. Die wahre Kunst als Ausdruck des Individuums. Darum ging es ihr, um den Triumph der Kunst über alles, was sie bremst und verhindert. War dieses schöne Ende noch in Reichweite?

Sie sah, wie Regis eine *Gazzetta dello Sport* zur Hand nahm und sich damit in die Tür setzte. Markisen blähten sich, von den Tischen in der Piazza flogen die Servietten davon, ein Glas kippte um, mit hellem Klirren.

»Schau, Mami«, rief Loris und hielt ihr die Hände hin.

Er war wieder zurück und rief »schau, Mami!«. Und Dora sagte »gleich, Loris! Gleich!«. Dann aber zerknüllte sie das Papier und warf es beim Ausgang in den Korb. Es war ein kleiner Flügel auf Loris' Zeigefinger, der durchsichtige Flügel eines Insekts, wahrscheinlich von einer Ameise, die im Flug Hochzeit feierte.

Versehentlich nahm Regis die Zeitung mit, er merkte es erst, als er Dora mit Loris und Macedonia auf dem Bootsdenkmal vor einer Kirche fotografieren musste, Loris ohne Hemd.

»Zieh dir bitte das Hemd an, Loris, es ist Februar!«, sagte Dora. Und sie wiederholte es den ganzen Weg hinauf, strich ihrem Sohn durch die Haare und deutete bei jeder Wegbiegung nach unten: »Schaut, ihr Lieben! Ist das nicht schön?«

Die Farbe des Meeres wechselte von metallischem Grau zu Taubenblau, von weiter oben zu Azurblau.

»Schaut, wie die Mimose blüht!«

Hier oben war kein Wind mehr zu spüren und eine wärmende Sonne schien auf Loris' nackten Rücken und auf seine kleinen Schulterblätter.

Sie liefen an staubigen Hecken vorbei, hinauf, auf engen Treppen, die abflachten zum betonierten Pfad und bald zur gestampften Erde. Und Dora hielt bei jeder Wegbiegung an und schaute hinunter aufs Meer, und auf jeden Baum und Strauch, den sie benennen musste: Mimose, Kiefer und Gummibaum, hier ein Olivenbaum: »Schaut! Ist der nicht schön?« Bei jeder Blume wunderte sie sich, dass sie schon blüht, und zeigte auf Eidechsen und Schmetterlinge, die längst schon wieder weg waren.

Regis verdrehte die Augen, sie war schlimmer als Loris.

Er ließ sich zurückfallen, hatte immer noch die *Gazetta dello Sport* unter den Arm geklemmt, wurde müde. Auch trug er die falschen Schuhe, leichte Loafer aus hellgrauem Wildleder, eher passend für eine Autofahrt an der Küste oder einen Stadtspaziergang mit Dora allein.

Was nun kam, traf Regis unvorbereitet.

Loris kletterte auf eine Betonmauer, nachdem er von Dora oder Macedonia zurechtgewiesen worden war, von Dora sehr wahrscheinlich, denn er ärgerte sich und rannte auf der Mauer davon.

»Loris!«, schrie Dora und rannte ihm hinterher. Sie bog links ein, die Mauer entlang zum Waldrand, wo der Untergrund noch matschig war.

Regis folgte ihr sofort, durch Unrat, Möbel, Räder, Schuhe.

»Loris«, hörte er sich rufen, »halt an, Junge!«

Aber der Junge hielt nicht an.

Und auch das Kindermädchen lief schnell an Regis vorbei, stieß ihn dabei mit beiden Händen zur Seite und zwinkerte ihm zu. Wieso hatte sie ihm zugezwinkert?

Auf der Betonmauer waren Scherben eingegossen. Vielleicht war der Junge deshalb hinuntergesprungen.

Regis hielt an, vor einer Tür ohne Knauf, über der eine *11* aufgemalt war. In die Mauer waren weitere kleine Türen eingelassen, einige mit Türknauf, andere ohne. Sie schienen seit Jahren nicht mehr geöffnet worden zu sein, hatten weder Klingel noch Namensschild.

Regis war allein, so weit er sehen konnte.

»Loris!«, rief er.

Seine tiefe Stimme hatte kein Volumen, und Rufen lag ihm nicht.

Wann hatte er zuletzt jemanden gerufen? Nicht mal beim Surfen in Portugal, wo seine Kollegen abends heiser waren.

Nein, er war stets unaufgeregt, das war sein Trumpf.

Er hörte eine Fliege näher kommen, und tatsächlich: Sie war groß und schwarz, mit blauem Glanz, sie setzte sich auf seinen Ärmel. Er hob den Arm und sah ihr zu, wie sie sich Kopf und Rüssel mit den vorderen Beinchen putzte, die Flügel mit den hinteren.

Behutsam setzte er seinen Gang fort. Und als die Fliege von seinem Ärmel abhob, begann er wieder zu laufen, über Müll, Geröll und Plastikplanen.

Zu seiner Rechten wich der Wald einer karminroten Mauer, und so lief er weiter und weiter ihr entlang. Seine große Gestalt füllte die Enge zwischen den Mauern; bis die rote Mauer in einer Einbuchtung von einem hohen Torbogen unterbrochen wurde, darauf ein roter Adler mit ausgestreckten Flügeln.

Das schmiedeeiserne Tor war verschlossen, hier konnten die drei nicht durchgekommen sein. Vor der Tür wuchsen allerlei Kräuter. Dora hätte ihre Namen gekannt.

Bevor er weiterging, den Hügel hinunter zwischen den Mauern, begutachtete er den grünen Postkasten mit dem Wappen. Bedächtig faltete er seine Zeitung zusammen und steckte sie hinein, wem auch immer zu.

Die rote Mauer war verwittert und bröckelte, weiter unten war sie nur noch ein Haufen Schutt. Regis schaute darüber, in den verwachsenen Garten, und da der Weg abrupt endete, in einer weiteren Mauer mündete, sprang er über den Schutt in den Garten, in meterhohe, trockene Gräser.

Er ging zur Treppe, räusperte sich und rief so laut er konnte: »Dora!« Und nochmals: »Dora!«

Und dann, endlich, antwortete sie von oben: »Hier, Regis! Hier!«

Sie stürzte eine Treppe hinunter, mit erhitztem Gesicht, fiel ihm in die Arme. »Wir haben ihn! Alles gut!«

Er müsse hinaufkommen, es sei so schön hier, der verlassene Palazzo, die Mosaiken, die Tapeten!

»Das musst du sehen, Regis!« Die Mosaiken mit den Vögeln und den Palmen auf dem Grund des Schwimmbeckens. Loris sei schon drin, Macedonia auch.

»Wir dürfen dort nicht rein«, sagte Regis, »das ist Hausfriedensbruch.« Und er lächelte sein so unansehnliches Lächeln, das sie immer sehen wollte.

Und wie sie sich gegenüberstanden, im Schatten dieser seltsamen Blätter, riesige, trockene Blätter, die Ränder onduliert, wusste sie plötzlich, dass sie diesen tranigen Mann liebte, ihre ganze Jugend schon geliebt hatte, und dass sie sich nie mehr von ihm trennen würde.

»Regis«, flüsterte sie, »komm, bitte, nur kurz, ich muss dir etwas zeigen.« Wie Macedonia nur so anmutig mit dem weißen Hut gegen die grün-goldene Tapete aussehen konnte. Als gehörte das alles ihr!

»Alle Kunst gehört den Mutigen, Regis!«

Regis aber packte sie, hielt sie am Nacken wie ein kleines Hündchen.

»Lauf nicht mehr weg, Dora! Hörst du?«

# 31

Die eingepackte Statuette aus Pappmaché und Ton neben sich, saß Constantin breitbeinig auf einem Klappstuhl, der mit *Freddie* beschriftet war, und folgte mit höflichem Interesse dem Geschehen am Set, den vielen Wiederholungen ein und derselben Szene, gegen deren Ende seine Statuette enthüllt werden würde. Wie laut so ein Studiodreh doch war, für einen am Ende anmutig tonlosen Film. Die Komparsen sprachen durcheinander, in mehreren Sprachen, auch Rumänisch und Ungarisch machte er aus, über dem Stimmengewirr die Rufe des Regisseurs, probeweise auch Tanzmusik.

Es gab sicher eine Ordnung, die Constantin aber, aus der Tiefe seines bequemen Sitzes heraus, nicht verstehen konnte. Und so schaute er auf diese Festgesellschaft und durch sie hindurch, während ihn der Widerschein des Paillettenglanzes streifte, immer wieder auch seinen starren Blick.

Die Nadel des Grammofons wurde erneut auf den äußeren Plattenrand gesetzt: »*You'd be surprised*«, sangen die Komparsen lauthals, sodass sich Constantin inmitten so viel gespielter Fröhlichkeit unverhofft einsam fühlte. Ja, dachte er, Lidy mochte ihn, weil er wohl als Künstler dem Helden dieser modischen Schmonzette ähnelte: ein unscheinbarer Typ, ungelenk im Umgang, dessen Charme allein von dem

Versprechen herrührte, dass er eines Tages überraschen würde. Dass aller Schein trüge und er noch alle, die ihn unterschätzt haben, eines Besseren belehren kann.

Doch da hatte ihn Lidy gewaltig verkannt! Ihm fehlte der Ehrgeiz des sozialen Aufsteigers, der unbedingte Geltungsdrang, der sich dann doch nur in der modischen Frivolität der Ausgehkleidung erschöpfte. *Meine Kunst*, würde er Lidy ziemlich bald und zwar zum Abschied schreiben, ist *keinem profanen Ziel unterstellt. Ich will niemandem gefallen.*

Sein Inneres lehnte sich allerdings gegen die Vorstellung dieses doch unweigerlichen Abschieds von Lidy auf.

*Tant pis*, hörte er seinen Freund Jean sagen, egal! Es kommt, wie es kommen muss. Der Künstler bleibt immer am Rande, allein und unabhängig, soweit es geht.

Aber was, lieber Jean, wenn meine Statuette aus Pappmaché und Ton am Set enttäuscht, die vielen auf Genauigkeit hinarbeitenden Leute vor den Kopf stößt? Wenn ich auch als Künstler nicht viel tauge?

Ob die Statuette Alba Fantoni ähnlich genug sah? Hatte er das rückenfreie Chiffonkleid gut getroffen? Das konnte ihm beileibe nicht egal sein.

Er solle eine kleine, aufmüpfige Frau im Chiffonkleid formen, hatte man ihm gesagt, eine beliebige Frau, die mitten im Rufen zu Stein erstarrt. Die Ähnlichkeit mit der lebenden Darstellerin würden sie schon noch beim Dreh hinkriegen.

Hier saß er also auf einem fremden Klappstuhl, in der riesigen Höhle dieses Backsteingebäudes an der 221 West 26th Street in Manhattan, nach wie vor in bequemer Pose, breitbeinig, doch sein Herz pochte den Hals hinauf bis in die

Ohren, immer schneller und schneller, als würde es jemanden einholen wollen, das Metronom vielleicht, das der Regisseur wieder aufzog, hinter dem Lautsprecher.

»Alle im Takt«, rief der Regisseur mit schmerzvoll heiserer Stimme, als der Kameramann auf der Schiene anrollte und langsam heranglitt, an eleganten Komparsen vorbei, mit ihren straffen Fliegen und Sektgläsern, an Pailletten und pirouettierenden Damen in Fransenkleidern, unter den tiefen Kristalllüstern hin zum aufpolierten Grammofontrichter.

»Tick-tack, tick-tack«, erschallte es hinter einem der Lautsprecher und hinter dem anderen Lautsprecher sagte der Regisseur: »La-chen, nic-ken, Dreh-ung! Zigaret-te! Schauen, schmach-ten«. Und dann schrie er: »Nach rechts oben schauen, Freddie! Zur Wendeltreppe hin! Und … CUT!«

»Maske! Bitte Puder!«

»Noch mal, bitte! Alle auf ihre Startposition!«

Constantin nickte, der vorbeigehenden Maskenbildnerin zum Gruß zu.

Wo war sie nur, die anmutige Alba Fantoni? Er suchte sie im Gewimmel dieser gespielten Festgesellschaft, folgte dem Kameramann auf die Wendeltreppe, unter die Spieltischlampe und zur Palme. Aber sie war nirgends zu sehen, die, um die es ja gehen sollte, die Dame im schwarzen Chiffonkleid, die hier aufmüpfig »Damenwahl« auszurufen hatte, bevor sie zu seiner Attrappe aus Pappmaché erstarrte.

Sie sah ihr schon sehr ähnlich, er musste sich nicht sorgen. Er hatte sie gut getroffen, allein aus der Erinnerung, aus ihren Filmen, *Isis – Göttin des Lebens*, ein Vogel, der abhebt. Und er freute sich auf den Moment ihrer Begegnung, wenn er ihr sagen würde, wer er war und wie nahe er wohne.

Sie würde sagen, dass es Vorhersehung war. Und sie würde ihn bedrängen, seine Muse zu werden.

»Man soll mich erkennen können!«, würde sie ihn bitten. »Nicht zu abstrakt!« Und er … Was bliebe ihm da noch? Ihr von seinem Onkel Coroi zu erzählen, wäre vielleicht deplatziert.

Ein Servierfräulein vom Set brachte Constantin einen Teller Kekse, viel zu süße Rosinenplätzchen, und eine große Tasse mit sehr wässrigem Kaffee. Er gab sie weiter, einem Komparsen mit glänzendem Revers, der sich auf einen Klappstuhl neben ihm gesetzt hatte.

»Danke, mein Lieber«, sagte der Mann und verschlang sogleich alle Plätzchen, goss den Kaffee in sich hinein. »Sie sind nicht etwa der Autor?«

»Nein, nein«, sagte Constantin lachend. »Und soweit ich weiß, ist der Autor eine Frau.«

Da lachte der Mann ebenfalls und beeilte sich, Constantin Feuer zu geben.

»Eine wilde Chose ist das«, sagte er, »diese radikale Umformung aller Beziehungen zugunsten der Frau! Beruflich, sittlich und, erlauben Sie mir, mein Lieber, auch sexuell, nicht wahr?«

»Unbedingt«, sagte Constantin und hätte gerne einen Toast ausgesprochen – auf die Frau und Muse, dass sie ganz wild wird und alle Welt erobert. Aber er hatte kein Sektglas.

»Das ist Wasser aus dem Soda-Siphon«, sagte der Mann. »Auch gut und vor allem sehr modern.«

Constantin nahm den falschen Sekt dankend an.

»Aber bald kommt der Tonfilm«, fuhr der Mann fort und hob seinen schlanken Zeigefinger. »Und wenn man das alles hört, so schrill und hysterisch im schönen Kino, dann wird man aufschrecken und es gar nicht mehr hören wollen. Das sag ich Ihnen, mein Lieber! Da kommt wieder die Sanftmut! Die Sanftmut der schönen, alten Welt!«

»Freddie«, rief der Regisseur durch den Lautsprecher. »Lassen Sie das Palaver und kommen Sie zurück ans Set!«

»Ich empfehle mich«, sagte der Mann zu Constantin und ging, elastischen Schrittes, zurück.

Freddie, also! Der Held dieses Films!

Constantin stand auf und sah Freddie hinterher, wie der sich theatralisch nach seiner Angebeteten umschaute und schließlich im Lichtkegel fündig wurde, bald schon eine Frau in den Armen wiegte, die klein war und zierlich und die ein schwarzes Chiffonkleid trug, rückenfrei. »Katarrh Chiffon«, wie Lidy es nannte. Constantins Statuette! Doch als sich die Frau umdrehte, Wange an Wange mit Freddie, und sang, erkannte Constantin, dass es nicht Alba Fantoni war. Er schaute noch der zweiten Wiederholung dieser Tanzszene zu und auch der dritten und der vierten.

Benommen sank er auf den Klappstuhl.

»Nochmals Kaffee und Kekse?«, fragte das Servierfräulein.

Und Constantin verneinte höflich, fragte sie nach Alba Fantoni, wieso eine andere an ihrer statt spielte. War nicht Miss Fantoni die Heldin dieses Films, der Love Interest?

»Nein«, sagte das Servierfräulein mit schriller Stimme, »die spielt nicht mehr mit. Ihre Zeit ist abgelaufen, wenn Sie verstehen, was ich meine.«

Vom Set drehten sich ein paar Komparsen zu ihnen um und lachten, die Sektgläser in der Hand. Sie lachten laut und schrill, die weiß gepuderten Züge von einer fratzenhaften Missgunst entstellt.

Seine kleine Statuette im rechten Arm, trank Constantin den Kaffee in einem Zug, auch den Siphon trank er aus, und stand auf, grüßte um sich und machte kehrt, trat hinaus in das schummrige Licht der Kulisse.

Er tastete sich an Kleiderständern vorbei, an Paravents und Wänden auf Rädern, ging im Korridor auf das Tageslicht zu, das nur aus einem seitlichen Fenster drang, auf eine karminrote Mauer, im Licht des Fensters ein Spiegel. Er besah sich im Spiegel und war erstaunt, den alten, schlaffen Hut auf dem Kopf zu sehen. Wo war denn sein neuer, wo hatte er ihn verloren? Und als er ihn mit einer brüsken Kopfbewegung abschüttelte, entsann er sich des ersten Treffens mit Alba Fantoni im Aufzug seines Hotels. Alba, die schöne Alba, mit ihrem Haar so glänzend wie polierter Stein. Und er schaute beharrlich in den Spiegel, als wären seine trottelhaften Konturen Streifen aus Staub, in denen er aber klar und immer klarer die eigentlichen Konturen erspähte: von einer übergroßen Alba Fantoni.

Alba, so war ihm in diesem Moment, hob die eine Braue und mimte Ernsthaftigkeit, um gleich darüber loszuprusten. Dann schaute sie ihn mit gütigem Ausdruck – fast schon mitleidig – an, doch der Ausdruck rutschte wieder ins schelmische Lachen. Und es war ihm weiter, als schmähe sie sein blasses Wesen, um es gleich wieder zu trösten und zu ermutigen. Ein Tagtraum, kurz vor seinem großen Moment! Es wurde nach ihm gerufen.

Am Set verspätete sich Constantin ein wenig, er hörte den heiseren Regisseur durch den Lautsprecher schimpfen, sah die Komparsen grinsen.

Er musste die Statue noch einpacken – hatte man ihm das nicht gesagt? Er übergab das Paket einem großen, hageren Schauspieler mit Turban.

»Bitte seien Sie vorsichtig«, sagte er. »Es ist nur Pappmaché und reißt schnell ein.«

Der hagere Herr nickte, nahm das Paket ganz vorsichtig entgegen.

Und als Constantin die Statuette aus seinem Griff entließ und dem Mann reichte, fühlten sich seine Arme plötzlich ganz leer an.

# 32

Zu Fuß zwängte sich Constantin durch den motorisierten Verkehr. So müde und hungrig er auch war, er ging zu Fuß, um die Stadt mit seinen Schritten zu durchmessen. Vorbeiziehende Gesichter trugen Schatten von Ruß, und auch er fühlte den linken Hemdsärmel etwas schwerer, im Wissen um den Schmutzstreifen – abgetragene Farbe von seiner Statuette, die nun am Set war. Er hatte ein gutes Honorar bekommen und seine Galeristin war sicher glücklich über die Werbung. Er müsste eigentlich fröhlich sein und vielleicht etwas essen, mit saftigen Tomaten. Doch wenn er an Essen dachte, erinnerte er sich bloß an den Geruch nach ranzigem Frittieröl.

Unbändiges Hupen und Rufen galten ihm und rissen ihn aus der Betrachtung einer Kühlerfigur, deren filigrane Form in das Bild eines braunen Herrenschuhs überging, als er an der Litfaßsäule mit den Reklamen vorbeilief: *Pflegecreme für den modischen Schuh, höchster Wert, niedrigster Preis.* In der 7th Avenue beschleunigte er seinen Gang, an den Schaufenstern vorbei, gelb und rot blinkenden Lichtern im aufsteigenden Dampf, kaufte im Gehen die Abendausgabe der *New York Times*, die ihm vom nebenherlaufenden Zeitungsjungen wie ein Staffelstab überreicht wurde, und trat damit in den Strom der in den Feierabend entlassenen Büroangestellten und Tippmamsells, wo er wieder einmal den Schritt beschleunigte, als gelte es, alle zu überholen.

Und allmählich wurde ihm der Gedanke bewusst, der ihn formsuchend vorantrieb, in der Menge hin und her trippelnd die Lücke suchen ließ, voran, immer schneller voran: der Gedanke an Alba Fantoni, der unbändige Wunsch, sie zu sehen und sich zu vergewissern, dass sie noch lebte und nicht gestorben war.

»Du tötest mich, Arturo«, hatte sie gerufen, *»mi uccidi!«* Erst jetzt drangen diese Worte zu ihm durch. Als wäre das Leben nur der Einfall eines Künstlers – ein später, vielleicht zu später Einfall.

Im Gehen schaute er auf die Türen der Läden, beim Schuhmacher, bei der Färberei, auch beim Telegrafenamt, als müsse er etwas begreifen. Aus dem Fenster einer chinesischen Wäscherei schoss ihm heißer Dampf entgegen. Und würziges Kondenswasser rann über sein Gesicht, mischte sich mit seinen Tränen.

Vor dem Hotel hielt er an, neben einer Telefonkabine, gerade noch rechtzeitig, um Lidy hineingehen und einige Zeit hinter einem livrierten Boten am Empfang warten zu sehen, wahrscheinlich auf den Zimmerschlüssel.

Den Hut tiefer im Gesicht, überquerte er die Straße, ging rechts um die Hotelecke zur Spindeltreppe an der Fassade, schaute sich um, und schwang sich auf.

Die Eisentreppe klapperte unter seinen Schritten, er stieg im ungeminderten Tempo hinauf, setzte Schritt vor Schritt auf das rostbraune Gitter, einer leiernden Musik entgegen, die er wieder hinter sich ließ, so wie die hohe Stimme, die im fünften Stockwerk schimpfte. Und aus den Augenwinkeln sah er, wie sich die Tiefe mehr und mehr hinabzog.

Da war er schon einmal gewesen, dünkte es ihn, dieses Ziehen in den Knien hatte er schon einmal gefühlt.

Bei seiner Etage angekommen, schaute er in den Flur und bemerkte ein Paar, das sich entfernte. Er stieg ein Stockwerk höher, trat ein, durch den Flur, die kupfern schimmernde Tapete entlang, und hielt vor Alba Fantonis Tür, unter der weiß emaillierten Zahl 1027. Da wartete er und lauschte. Und es war etwas an den nachgiebigen Teppichfasern unter seinen Füssen, das ihn schaudern ließ.

Seine Hand zitterte, als er schließlich den flachen Kamm aus der Brusttasche zog, sich damit die Haare flach über den Kopf kämmte und auch den Schnurrbart in Form brachte. Dann räusperte er sich und klopfte. Er klopfte drei Mal.

Drinnen tat sich nichts.

Er klopfte wieder und sagte: »Miss Fantoni, bitte öffnen Sie die Tür!«

Er klopfte mit Dringlichkeit.

Und dann sagte er tatsächlich, als glitte er in einen Traum zurück: »Miss Fantoni, ich bin's, Constantin Avis! Ich habe die rote Koralle poliert!«

Schließlich hörte er schlurfende Schritte, die sich von innen der Tür näherten. Der Schlüssel drehte sich im Schloss, zögerlich – dann wieder in die Gegenrichtung.

»Ich darf nicht öffnen«, sagte eine leise Stimme.

»Wie? Aber ich bitte Sie zu öffnen!«

»Nein! Ich darf nicht öffnen, wenn ich allein bin«, sagte die Stimme, tatsächlich eine Kinderstimme.

Constantin fiel auf die Knie.

»Öffnen Sie mir bitte!«, rief er und schlug mit dem Kopf gegen die Tür. »Öffnen Sie!«, rief er und schlug weiter mit dem Kopf gegen die Tür.

Die Kinderstimme wimmerte, begann zu schreien, gellend laut.

Da kam ein Zimmermädchen gelaufen und auch andere und schließlich auch Lidy, sie sprach ihm gut zu.

»Hör auf, Constantin! Bitte lass uns gehen! Du siehst blass aus, komm!«

»Du verstehst nicht, Lidy«, stammelte Constantin, »sie ist tot! Alba Fantoni ist tot! Der Produzent hat sie getötet und sagte noch ›Sorry‹. Und ich stand nur da und sah zu.«

»Alles ist gut, Constantin. Das kommt eben mit der neuen Technik.«

Er schaute sie verständnislos an.

»Alba Fantoni hatte ihre Zeit«, sagte Lidy, »und jetzt kommt eine andere Kunst.«

»Nein«, rief Constantin und sprang auf. »Du verstehst nicht. Es geht nicht um die Kunst. Sie ist tot. Sie wurde ermordet!«

»Ermordet, sagst du?«

»Ja, sie wurde ermordet!«

»Das stimmt nicht«, sagte ein Junge mit einem rotem Pillboxhut. »Miss Fantoni lebt! Ich habe sie selbst mit ihrem Gepäck hinuntergefahren.«

»Ja«, sagte ein Herr in einem karierten Hausmantel, »Sie hat den Zeppelin nach Europa genommen! Das stand in der Zeitung.«

»Und in ihrem Zimmer wohnt jetzt eine Dame mit ihrem Kind«, sagte das Zimmermädchen.

»Sicher kein Mord … komische Einbildung!«

»Fantoni!«, murmelte Constantin, »Fantoni, Phantom …«

»Hat Ihr Mann getrunken?«, fragte ein blau uniformierter Mann, wahrscheinlich ein Rezeptionist.

»Nein«, hörte er Lidys Stimme. »Das sind nur die Nerven. Mein Mann ist Künstler!«

»Ah!«, hörte er um sich, »natürlich!«

Er vernahm noch den Duft eines Eau de Cologne, spürte die kühlende Wirkung an den Schläfen.

»Du bist müde, Constantin«, sagte Lidy, als sie ihn zu Bett brachte und ihm einen Marillensirup verabreichte. »Zu viele Eindrücke.«

Er sah ihre Hände, wie sie die Vorhänge zuzogen, und hatte ein wohliges Gefühl. Ihre Hände, so weich, dass sie in den Spitzen ausliefen wie Farbe auf einem porösen Blatt.

Er hörte sich Lidy von seinem Wundervogel erzählen, der jetzt in Jacksonville sei. Er habe ihn noch poliert und in den Armen gehalten, dann einfach weggegeben. Wozu? Auch einen schlafenden Frauenkopf habe er abgegeben und nie wiedergesehen. Der sei in Atlanta. Frauenköpfe und Vögel, er könne sich nie recht entscheiden. Und alles weg, in Atlanta, Washington und Chicago. Wenn er die alle nur besuchen könnte, einmal noch sehen. Die seien wie seine Kinder … Kinder, die nie mehr heimkommen werden zum alten Vater.

»Ja«, sagte Lidy und strich ihm über die Wange, über die Stirn, die Brauen. »Geh sie doch besuchen! Cara gibt Dir bestimmt schon das Honorar für den Vogel.«

Sie sahen einander in die Augen und lächelten.

Dann fiel er in einen Schlaf, so schwer wie ein Stein, aus dem sich eine Form befreien wollte.

# 33

Ihr Körper, so verrenkt, war ihr fremd, die Beine, stoßartig über Bauch und Brust gegen sie gepresst, lau wie Gummi. Zernepft! Sie hängte sich an das fremde Wort.

Zernepft!

Zernepft – zernepft … zernepft – zernepft … Ein bitteres Aufstoßen der Kümmelrahmsuppe! Und sie sah noch den Tropfen herabfallen, in ihr linkes Auge, ein schwankender Regenbogen von Regis' Ohr hin zum klobigen Schrank.

»Bitte, was sagst du?«

»Schau mich an!«

Dora wandte den Blick auf das verschattete Gesicht, auf und ab, viel zu lange die Tiroler Tour auf dem schmalen Sattel. »Sie sind aber zernepft!«

»Hey«, rief sie. »Hey, Regis! Wir lädieren die Wand!«

Dann stöhnte sie aber mit, in seinen Mund, dachte unwillkürlich an die Chinesen unter den Neonröhren und die Metallgestelle mit dem kleinteiligen Zeugs. An die gepunkteten Abdrücke von Macedonias Schuhen, den vertrockneten Wurm auf der Treppe, der eher ein abgestoßener Eidechsenschwanz war. Der würde bald nachwachsen. Wie gut, dass Loris so mitfühlend war mit allen Wesen! Mit ihm würde sie in dieses Café gehen, das sie aus dem Zugfenster gesehen hatten, auf der Promenade von Anita Garibaldi. Hoffentlich würde der Mimosenbaum bis dahin noch in Blüte bleiben. Sie müssten sich beeilen. Beeilen! Lauf, kleiner Krebs, lauf! Lass die Fühler nachwachsen, lauf, das Meer ist so nahe! Auf dem Steg, die Cavallaro, endlich mit ihrem Tullio, dem Postboten. Schöner Tullio, Laufbursche der Mafia … Regis …

»Regis, verzeih, ich muss gehen.«

Er sagte noch »nein, doch nicht jetzt«. Im Dunkel bemerkte sie die hellen Nägel seiner Zehen, die leuchtende Maserung der Holztür.

Sie ging durch den Flur, wie im Traum, ein flauer Geruch haftete ihr an, modrig wie die alte Tapete.

Leise mit dem Wasserstrahl, ganz leise! Loris' grüner Monster-Schwamm lachte ihr zu – bis sie allmählich zurücklachte, lautlos, komplizenhaft.

# 34

Tags darauf wurde sie von Macedonia geweckt, die weinte.

»Ich weiß, Macedonia, ich weiß von der dummen Anschuldigung. Mach dir bitte keine Gedanken!«

Aber die junge Frau war nicht zu trösten. Tränen liefen ihr übers Gesicht. Dass es gerade Signora Cavallaro sein musste, die sie beschuldigte. Wie eine Großmutter sei sie bislang zu ihr gewesen. Sie knetete an ihrem Handy herum, das leise Vibrationsgeräusche von sich gab, wahrscheinlich Trostnachrichten von Freunden.

Dora bestellte für sie beide Frühstück aufs Zimmer und eine heiße Schokolade für Loris, der bäuchlings auf dem Teppich seine Steine nach Größe, Farbe und Beschaffenheit sortierte. Einmal nur stand er auf, um Macedonia einen hellbraunen Stein zu geben, der sich gut in der Hand anfühlte – den Entspannungsstein!

»Danke, Loris! Danke!«, sagte Macedonia mit klagender Stimme, küsste mehrfach den Stein.

Als Gigi Amoroso reinkam, stolperte er über Loris' Beine. Und Dora brach in schallendes Lachen aus, froh, dass Macedonia mit einstimmte.

»Eines müssen sie uns sagen, Signore Amoroso: Heißen sie wirklich so?«

Der Mann war verwirrt.

»*Cosa posso dire*. Was soll ich sagen?«

»Die Wahrheit!«, rief Dora. »*La verità!*«

Er ließ sich Zeit, deckte den Tisch mit Servietten, Silberbesteck mit den verschlungenen Initialen GC, bestreute die Sfogliatelle mit Puderzucker, mit Zimt, und stellte – »auf den Boden?« – die heiße Schokolade für »maestro Loris« ab.

»Ich heiße gar nicht Loris«, rief der Junge auf dem Boden.

»Stimmt!«, rief Dora begeistert von ihrem Sohn. »Sehen Sie? Da wären Sie nicht allein …«

»Gut«, sagte der Mann, »gut«. Und ein Lächeln zog sein welkes Gesicht auseinander. »Ich heiße auch nicht Gigi Amoroso. Das Namensschild ist ein Geschenk des Capo an meinen Vorgänger.«

Dora drückte ihm einen Geldschein in die Hand. Drückte ihm dann auch die Hand und klopfte ihm auf die Schulter. Und als der Arme gegangen war, sagte sie zu Macedonia: »Ist das nicht eine gute Geschichte?«

»Ich heiße gar nicht Macedonia«, sagte die junge Frau leise.

Dann aber lachte sie wieder los.

»So gut, Macedonia, so gut! Wir gehen gleich weg von hier, wenn du willst. Wir fahren nach Spotorno, in die Villa Imperiale. Da bin ich immer mit meinem Mann gewesen, für seinen Film. Das Licht ist dort sehr schön.«

Aber Macedonia sagte Nein, auf keinen Fall. Jetzt sei alles gut. Sie könne mit Loris Pingpong spielen, kein Problem, wollte sich zuvor nur noch mit Aqua di Genova parfümieren.

Als sie gingen, setzte sich Dora im Nachthemd an den Schreibtisch und schrieb so schnell wie noch nie, Zeile um

Zeile, ohne Pause. Aus dem Weg, Regis, aus dem Weg! Der Schleier ist gerissen, bis nach unten, und ich sehe nicht mehr in den trüben Spiegel, sondern der Welt ins Gesicht, ganz klar. Ein Kapitel noch vor dem Mittag fertig – und alles gesagt.

Es war ihr so leicht zumute, dass sie auf die Treppen sprang im lustigen Takt. Wie es Regis mochte, wenn sie die Treppen zu ihm hinuntersprang! Sie aber sprang für sich allein, so leicht wie als Kind, und als sie Arturo sah, hätte sie ihn in die Arme nehmen und küssen können, auf die kleine Schnauze, aber der lief schnell wieder davon.

»Komm Loris, wir gehen picknicken am Meer!«

Macedonia ließen sie zurück, am Terrassentisch mit Regis, damit sie ihm von der Signora Caravallo erzählen und schluchzen konnte, Regis' Arm auf den ihren, seine Finger in ihr Fleisch vergraben.

Regis Gesicht würde sie sich einprägen müssen, seine steinerne Miene, die lächerliche Beleidigtheit.

»Ciao, Macedonia«, rief Loris ganz laut. »Wir gehen schon am Meer picknicken!«

# 35

Tage später, an dem sonnigen Morgen, packte sie nur noch für zwei – Loris und sich.

Der Junge sprang vergnügt auf dem Bett herum, dass das Gestell nur so quietschte und ächzte. Staub wirbelte in den Lichtbahnen.

»Willst du auch alle Steine ‚mitnehmen?«, fragte Dora.

»Ja!«, rief Loris im Takt seiner Sprünge: »Ja! Ja! Ja!«

Und wie sie vom Schrank zu ihrem Sohn schaute, sah sie in seinem Rücken das Fenster zum Meer, ein türkisfarbenes Meer, das ihm bis unter die Achseln reichte, als er auf und ab sprang sogar bis zum Bauchnabel.

»Loris«, rief sie entzückt, »du bist ja größer als das Meer!«

# Wie es weiterging

Es war ein milder Herbsttag, der 21. Oktober 1927 in New York, zwanzig Grad und sonnig, an der Garderobe des Gerichtshofs wurden ausschließlich leichte Mäntel und Hüte abgegeben.

Durch die hohen, in Quadrate geteilten Fenster fiel ein geradezu festliches Licht in den Saal, als Constantin, den alle noch in Atlanta wähnten, unter die Zuschauer und die Journalisten auf die Balustrade trat. Unten rechts, in der ersten Reihe hinter den Anwälten, erblickte er Lidys grünen Topfhut, der sich hin und her drehte.

Jemand neben ihm fragte nach Feuer, und Constantin steckte ihm kameradschaftlich eine Zigarette an, ihm und einem anderen, kam sich plötzlich vor wie im Kinosaal – in einem Kino, bei dem mit dem Tonfilm experimentiert wurde, und einen Moment lang fürchtete er, nichts zu verstehen.

Als aber der eine junge Mann, der mit dem glänzenden Scheitel, einer glänzenden schwarzen Robe und ebenso glänzenden Schuhen, nach vorn trat und das Wort ergriff, verstand er. Das also war der Anwalt in seiner Sache, den Lidy angeheuert hatte:

»In dem Ihnen vorliegenden Verfahren geht es um die Frage, ob es sich bei dem in der Rechnung als Vogel bezeichneten

Bronzegegenstand um ein Stück Originalplastik im Sinne des Paragrafen 399 von 1922 handelt oder nicht. Er wurde mit einem Zollsatz von 40 Prozent des geschätzten Materialwerts respektive wie Bronze nach Paragraf 399 besteuert, der für Waren gilt. Wir möchten höflich vorschlagen, dem ehrenwerten Gericht einen Blick auf den eingeführten Gegenstand zu gewähren, um ihm dabei schlüssig zu zeigen, dass dieser außerhalb der Bezeichnung oder Beschreibung eines Gebrauchsgegenstandes liegt. Bei dem Werk handelt es sich nämlich um ein Originalkunstwerk des berühmten, international anerkannten Bildhauers Constantin Avis, der überdies zahlreiche Kunstwerke geschaffen hat, von denen sich einige in öffentlichen Sammlungen in Amerika befinden.«

Da setzte sich der junge Anwalt hin, und vom Tisch links gegenüber stand ein grau melierter Herr in ebenso glänzender Robe auf – der Anwalt der amerikanischen Zollbehörde. Bedächtig trat er ins Zentrum der Bühne, hielt inne und sagte in gravitätischem Bassbariton:

»Euer Ehren, meine Herren! Sie werden sich beim Anblick des Objekts sofort davon überzeugen können, dass wir recht hatten: Das Objekt ist kein Kunstwerk!«

Dann ging er zurück zu seinem Platz.

»Bringen Sie das Objekt herein!«, rief es vom Richterpult.

Leute im Saal standen auf, dann fürchteten andere um ihre Sicht und standen ebenfalls auf, sodass nun fast alle im Saal standen, als der Vogel, zugedeckt, von einem Gerichtsdiener mit weißen Handschuhen hereingebracht wurde. Ein weiterer Gerichtsdiener brachte den runden Tisch, auf dem der Vogel platziert wurde, sehr vorsichtig. Das Tuch wurde gelüftet, und durch den Saal ging ein Raunen, wie beim Erblicken der Braut.

»Bitte setzen Sie sich, meine Herren!«, rief es vom Richterpult.

Als sich die Herren vor Constantin hinsetzten, sah er über ihre Köpfe hinweg unten auf der Bühne seinen Vogel, in goldenem Schimmer. Wie sehr ihn der traute Anblick berührte! Fast wollte er dem Objekt zuwinken, *ich bin da, Zeuge deiner Geschichte.*

»Miss Lidy Maenz, bitte in den Zeugenstand!«

Constantin sah Lidy, mit ihrem grünen Topfhut und einem dunkelvioletten Kleid, nach vorn treten. Der junge Anwalt sagte:

»Miss Maenz, Sie haben als Agentin der Galerie Milner dieses Objekt akquiriert. Dürfen wir fragen, wieso?«

»Ja«, sagte Lidy. »Es ist ein Kunstwerk, das mich tief berührt.«

»Kennen Sie den Künstler, Constantin Avis?«

»Ja«, sagte Lidy, und Constantin wollte eine Schwäche in ihrer Stimme erkannt haben. »Ich kenne ihn sehr gut. Die Galerie Milner hat seine Skulpturen an mehrere Sammler in Amerika vermittelt. Herr Avis ist ein beachteter Pariser Künstler.«

»Ein beachteter Pariser Künstler«, wiederholte der Anwalt und betonte dabei jedes Wort. »Er kam nach Paris aus einem traditionsreichen Land.«

»Wir alle kommen von irgendwoher«, sagte Lidy und lachte aufgeregt, schien den Faden zu verlieren. Dann sagte sie aber wieder selbstsicher: »Er ist ein sehr guter Künstler.«

Der Anwalt legte kurz seine Hand auf die ihre, sie nickte.

»Und ist der Vogel hier ein Kunstwerk von Constantin Avis?«, fragte der Anwalt.

»Ja, das ist er. Herr Avis mag Vögel. Er hat auch andere Themen, aber er kommt immer wieder zu den Vögeln zurück.«

Da rief es vom Richterpult:

»Miss Maenz, können Sie bitte wiederholen, wie Sie das Stück Bronze hier nennen?«

»Ja, Euer Ehren. Ich benutze denselben Begriff wie der Künstler, Sir: Vogel.«

»Warum nennen Sie es einen Vogel? Sieht es für Sie wie ein Vogel aus?«, fragte der Richter.

»Er sieht nicht aus wie ein Vogel, aber ich fühle, dass es ein Vogel ist. Er wird vom Künstler als Vogel beschrieben.«

»Nur weil der Künstler das Bronzeteil einen Vogel genannt hat, ist es für Sie ein Vogel?«

»Ja, Euer Ehren.«

Ein Raunen ging durch den Saal.

»Miss Maenz«, sagte der Richter, »wenn Sie das Objekt auf der Straße sehen würden, kämen Sie nie auf die Idee, es für einen Vogel zu halten, nicht wahr?«

»Nein, Sir.«

»Wenn Sie es im Wald sähen, und wenn Sie ein Mann wären, mit einem Jagdgewehr, würden Sie auch nicht darauf schießen.«

Da lachte Lidy hell auf, und mit ihr auch das Publikum.

Constantin sah, wie manche auf kleine Blöcke etwas notierten.

»Wenn ich ein Mann mit Gewehr wäre?«, fragte Lidy, und wieder lachte das Publikum. »Nein, Euer Ehren, ich würde nicht darauf schießen.«

»Aha«, sagte es vom Richterpult, »ich verstehe.«

Da trat wieder der junge Anwalt zum Zeugenstand.

»Sagen Sie uns bitte, Miss Maenz, als Frau: Ist an dem Artikel irgendetwas Nützliches zu erkennen?«

»Nein.«

»Ein Gebrauchsgegenstand für den Haushalt?«

»Nein.«

»Für die Küche, Miss Maenz?«

Sie lachte, und das Publikum mit ihr.

»Nein«, sagte sie, »keineswegs.«

»Kennen Sie einen einzigen Verwendungszweck, für den es eingesetzt werden könnte, also einen Zweck, welchen auch immer?«

»Nein, überhaupt nicht.«

»Kein praktischer Zweck, also!«, rief der junge Anwalt und zeigte dem Publikum seine leeren Handflächen. »Nun lassen wir den Titel beiseite, Miss Maenz! Sagen Sie uns, ob es sich um ein Kunstwerk handelt: Hat es ein zugrunde liegendes ästhetisches Prinzip, egal, wie der Titel lautet?«

»Ja.«

»Würden Sie uns das bitte erklären?«, fragte er und machte eine weite Armbewegung, die alle Leute im Saal mit einschloss.

»Gerne«, sagte Lidy und schaute hinauf, direkt auf die Galerie. »Es hat harmonische Proportionen, die mir ein ästhetisches Empfinden geben. Ein Gefühl von großer Schönheit. Das ist der Grund, warum ich ihn wahrgenommen habe.«

»Ein Gefühl von großer Schönheit. Danke! Ich überlasse sie nun Ihnen«, sagte der Anwalt an seinen älteren Kollegen gerichtet, der sofort aufstand und nicht minder selbstsicher die Bühne betrat.

»Miss Maenz«, sagte er mit seiner Bassbaritonstimme und einem kleinen Schalk darin. »Sie nennen diesen Gegenstand einen Vogel, weil ihn Herr Avis einen Vogel nennt, das haben wir alle verstanden. Wenn Herr Avis ihn einen Tiger nennen würde, würden Sie ihn auch als Tiger bezeichnen?«

Da sprang der junge Anwalt auf die Füße und rief:

»Ich glaube nicht, dass es einen Unterschied macht, ob es ein Vogel oder ein Tiger ist oder gar ein Elefant. Die Frage ist, ob es Kunst ist.«

»Miss Maenz«, nahm der Bassbariton den Faden wieder auf, »Sie haben dieses Ding als Vogel bezeichnet, weil es Ihnen so vorgegeben wurde. Wenn Sie einen anderen Titel vorgegeben bekämen, würden Sie ihn dann mit dem Titel bezeichnen, den Herr Avis ihm gegeben hat?«

»Sicherlich«, antwortete Lidy.

Jemand im Saal klatschte. Es gab einen Aufruhr.

»Bitte, Ruhe!«, klang es vom Richterpult. »Werter Kollege, es geht hier nicht darum, was dieses Bronzeteil darstellt, sondern ob es Kunst ist.«

»Miss Maenz«, sagte der Bassbariton und kam ihr ganz nahe, lehnte den Arm vertraulich auf das Zeugenpult. »Sie haben dieses Ding gekauft, für eine andere Dame.«

»Ich habe es für die Galeristin und Kunstsammlerin Miss Cara Milner gekauft, ja.«

»Zu welchem Zweck?«

»Weil ich es für ein Kunstwerk halte, das eine Wohnung verschönert und Freude macht, *Joy*!«

»Dieses hier macht Ihnen Freude – *Joy*?«

»Ja, *Joy*!«

»Sind Sie mit Herrn Avis befreundet?«

Lidy hielt inne, viel zu lange, wie es Constantin vorkam.

»Ja«, sagte sie, »und ich schätze seine Kunst sehr.«

Constantin meinte von der Galerie aus zu sehen, wie der Anwalt den Kopf schüttelte. Dieser ältere Herr war ihm lieb und vertraut, aber wieso nur? Vielleicht, weil er den genau richtigen Kopf hatte für seine nächste Bronze, der er nur das Haar patinieren würde.

»Miss Maenz«, sagte der Anwalt im einnehmenden Bass. »Würden Sie uns bitte, allen hier im Saal, erklären, warum dieses Ding ein Kunstwerk sein soll?«

»Ja, gerne«, sagte Lidy. »Es spricht meinen Sinn für Schönheit an, gibt mir ein Gefühl von Freude.«

»Wenn wir also ein Messinggeländer hätten, hochglanzpoliert, harmonisch geschwungen, dann wäre es für Sie wohl ein Kunstwerk.«

»Es könnte ein Kunstwerk werden.«

»Egal, ob es von einem Künstler oder von einem Mechaniker hergestellt wurde«, sagte der Anwalt.

»Ein Mechaniker kann keine schöne Arbeit machen«, entgegnete Lidy.

»Nein?«, fragte der Anwalt ins Publikum, und dann wieder zu Lidy: »Sie wollen also sagen, dass ein Mechaniker, also ein Mechaniker der ersten Klasse, mit einer Feile und Polierwerkzeugen diesen Gegenstand nicht aufpolieren könnte?«

»Er kann ihn aufpolieren, ja, aber er kann sich das Objekt nicht vorstellen«, sagte sie mit heller Stimme. »Das ist der springende Punkt: Ein Mechaniker kann sich nicht die besonderen Linien vorstellen, die ihm seine individuelle Schönheit verleihen.« Und nun nahm sie Fahrt auf: »Das ist der Unterschied zwischen einem Mechaniker und einem Künstler: Der Mechaniker kann nicht wie ein Künstler denken. Wenn er sich etwas vorstellen kann, hört er auf, ein Mechaniker zu sein und wird zum Künstler.«

»Die redet gut«, sagte ein Bursche mit einem Fotoapparat um den Hals.

»Halt die Klappe, Tullio«, sagte sein Kollege, der alles mitschrieb. »Sie sollten jetzt langsam Marcel Duchamp reinbringen.«

»Nein«, flüsterte Constantin seinem Nachbarn zu, der mit brennender Zigarette auf der Lippe ebenfalls alles mitschrieb. »Sicher nicht den Duchamp! Hier geht es um Ästhetik.«

Der nächste Zeuge war der Bildhauer Jacob Rosenhain, Constantins Freund, dem er mit einer Grabsteinskulptur in Paris aus der Patsche geholfen hatte. Constantin hörte, wie er von dem alten Freund gelobt wurde, in den höchsten Tönen. Das wollte der grau melierte Anwalt nicht unkommentiert stehen lassen:

»Nennen Sie das hier einen Vogel, Herr Rosenhain, nur weil Herr Avis es einen Vogel nennt?«

»Wenn der Künstler es einen Vogel nennt, nehme ich es ernst. Es ist mein erstes Bestreben zu sehen, ob es wie ein Vogel ist. Und ja, in dieser besonderen Skulptur gibt es Elemente eines Vogels.«

»Welche … Elemente?«, fragte der Anwalt.

»Wenn man dieses Stück der Skulptur im Profil betrachtet, sieht es aus wie die Brust eines Vogels.«

»Jede Brust eines Vogels ist mehr oder weniger abgerundet, nicht wahr?«

»Ja.«

»Jedes runde Bronzestück könnte also einen Vogel darstellen.«

»Nein, das kann man so nicht sagen.«

»Sieht es auch aus wie der Kiel eines Schiffs?«

»Wenn Sie es hinlegen würden«, sagte Rosenhain arglos.

Der grau melierte Anwalt lachte in den Saal, und einige im Saal lachten mit ihm. Dann drehte er sich wieder zurück:

»Werter Herr Rosenhain, dürfen wir fragen: Haben Sie in den dreißig Jahren Ihrer Laufbahn viele Bildhauer und Künstler getroffen?«

»Ja, Sir.«

»Haben Sie auch ihre Werke gesehen?«

»Ja, gewiss.«

»Kennen Sie einen von ihnen, der Werke dieser Klasse und dieses Charakters erschafft?«

»Es gibt einige Künstler mit ähnlichen Arbeiten … nicht ganz so wie Avis, aber in dieser Art.«

»Unser Herr Avis steht also praktisch isoliert da, allein in dieser speziellen Klasse.«

»Nun, ja, lassen Sie mich überlegen …«

Aber der grau melierte Anwalt sagte nur: »Danke für Ihre bedeutsame Ausführung« und wollte Rosenhain verabschieden, als dieser unvermittelt um Erlaubnis bat, nach Hause zu gehen und eine antike ägyptische Statuette, die in seinem Besitz war, zu holen.

»Das würde alles beweisen«, sagte er.

Der Richter bat Rosenhain und die beiden Anwählte zu sich, und als ihre Unterredung länger dauerte, warfen Leute zerknülltes Papier von der Galerie, was gleichsam Empörung und Belustigung hervorrief und worauf der Richter mit Hammerschlägen um Ruhe bat, »Ruhe, meine Herren!«, er würde sonst den Saal räumen lassen.

Rosenhain verließ den Saal.

In den Zeugenstand trat nun der elegante Direktor des Brooklyner Museums, Herr William Fo.

»Die Aufgabe eines Museums ist es, der Öffentlichkeit die Möglichkeit zu geben, Kunstwerke zu sehen«, sagte der grau melierte Anwalt.

»Richtig«, antwortete Herr Fo.

»Die Menschen in diesem Sinne zu erziehen.«

»Ganz genau.«

»Das heißt, Sie versuchen, in Ihrer Institution Kunstwerke, schöne und künstlerische Dinge, zu zeigen?«

»Ja, mein Herr.«

»Wenn Sie jetzt also ein Kunstwerk kaufen wollten, um es in Ihrer Einrichtung aufzustellen und die Menschen zu erziehen, hätten Sie dieses … Kunstwerk ausgewählt?«

»Dieses? O ja, mein Herr.«

»Bevor Sie ein bekanntes Gemälde oder eine Skulptur ausgewählt hätten, hätten Sie dieses Ding da ausgewählt?«

»Ich würde das Werk eines jeden Künstlers auswählen, den ich als Künstler schätze«, sagte Herr Fo.

»Sie hätten es aber eher als Kuriosität ausgewählt.«

»Nein, Sir, das hätte ich nicht. Ich hätte es ausgewählt, weil es mich als Kunstobjekt anspricht, als ein schönes Stück, wegen seiner Schönheit, seiner Einfachheit und seiner Eigenschaft, mir angenehme Gefühle zu vermitteln.«

»Herr Direktor Fo! Glauben Sie wirklich, dass diese Form die Besucher Ihres Museums bilden würde?«

»Ich hoffe es, Sir. Ich denke, die Menschen würden die Schönheit zu schätzen wissen.«

»Ich formuliere es genauer: Glauben Sie, Herr Fo, dass mehr

als einer von zehntausend Menschen denken würde, dass es sich hierbei um einen Vogel handelt?«

»Ich denke, mehr als einer von zehntausend Menschen würde sagen, dass es ein schönes Objekt ist.«

Es wurde geklatscht, jemand rief mit tiefer Stimme: »Genau!«

Da kam Rosenhain zurück, mit einer halbmeterhohen antiken Skulptur. Er zeigte sie dem Richter und den beiden Anwälten, dann hielt er sie im Zeugenstand hoch: »Sehen Sie: Das ist ein Falke, obwohl es weder Flügel noch Federn noch Füße hat. Aber es atmet wie ein Falke! Spüren Sie das?«

Im Publikum wandten sich die Köpfe hin und her, die Leute suchten einander mit dem Blick.

»Ein dreitausend Jahre altes Kunstwerk«, rief Jacob Rosenhain, »und es bleibt jung und schön, wie der Vogel von Constantin Avis!«

»Bravo!«, rief eine Dame in der ersten Reihe der Galerie und stand auf, riesengroß, mit ihrem hohen Dutt. Und hinter ihr standen Journalisten auf, und unten im Saal die Leute und applaudierten.

Constantins Hand zitterte, Asche fiel von der Zigarette auf seine helle Hose.

»Was meinen Sie?«, fragte ihn der Herr neben ihn.

Mit einem Seufzer stieß Constantin den Rauch aus und verengte dabei die Augen, als hätte er eine Einsicht, aber dann sagte er: »Ich weiß nicht. Wer weiß schon!«

»Aber dreitausend Jahre«, sagte sein Nachbar. »Das ist schon eine lange Zeit, das müssen Sie zugeben!«

Es gab eine kurze Pause, die Constantin oben im Galerie-

Büfett verbrachte. Er aß ein belegtes Brötchen, das nach Pappe schmeckte, mit einem Stück Tomate, das zwar ebenso schal schmeckte, aber reich an Saft war und auf seinen weißen Kragen spritzte.

Als er wieder hineinging, hatte er immer noch Hunger und es fröstelte ihn. Von den Leuten im Saal stieg Zigarettenrauch auf, zig weiße Rauchsäulen bis zur hohen Decke. Er sah Lidy dem jungen Anwalt neben sich über die Haare streichen. Aber wahrscheinlich scheuchte sie nur ein kleines Insekt weg.

Nun wurden die beiden Zeugen der Zollbehörde, zwei Bildhauer, aufgerufen. Von einem hatte er gehört, Robert Aitken, der gerne Reiterstatuen schuf, und nun sah er ihn auch, mit grauem Haupt und braunem Mantel mit Pelzkragen im Zeugenstand sitzen wie ein König. Auf die Fragen des grau melierten Anwalts antwortete Aitken zu dessen Befriedigung.

»Als Bildhauer mit über fünfunddreißig Jahren Erfahrung auf dem Buckel«, sagte er, »kann ich erkennen, was Kunst ist und was nicht. Und ich versichere Ihnen: Dieses Stück Bronze ist definitiv keine Kunst!«

Nun durfte der junge Anwalt übernehmen.

»Sir Aitken, haben Sie schon einmal von Herrn Avis gehört?«

»Ja.«

»Also ja! Und wie viele Kunstwerke von Herrn Avis haben Sie gesehen?«

»Ich habe noch keins gesehen.«

»Sie haben noch nie ein Werk von Avis gesehen?«

»Sie sagten Kunstwerke.«

»Haben Sie eines seiner Werke gesehen?«

»Oh, ich habe Werke gesehen … wie das hier! Aber ich habe keine Kunstwerke gesehen!«

Mehrere Buhrufe aus dem Publikum, auch Lacher über die Missgunst eines Kollegen. Constantin sah, wie sich Lidys grüner Hut hin und her drehte, sie winkte lebhaft jemandem zu. Der ganze Saal war in Aufruhr, zerknülltes Papier flog von der Balustrade, der Richter schlug mit dem Holzhammer und rief: »Bitte, Ruhe, meine Herren! Sonst muss ich den Saal räumen lassen!« Aber die Leute waren schon aufgestanden und liefen durch die Reihen aus dem Saal.

»Komm, Tullio«, rief es auch neben Constantin. »Schieß ein Bild und komm mit zum Ausgang, alle abfangen. Es ist vorbei.«

Im Gedränge am Ausgang hielt Constantin, seinen neuen Panamahut auf dem Kopf, Ausschau nach Lidy. Er postierte sich gleich bei der Telefonkabine, vor der Männer mit Notizbüchern anstanden. In der Kabine hörte er einen Mann rufen: »*It's a bird!* Es ist ein Vogel!«

Constantin rieb sich die Hände. Wo blieb nur seine Lidy?

Er würde sie mit dem Luftschiff nach Europa bringen; mit ihr in sein stilles Atelier ziehen, wo es hell war und weiß, über allem friedlich glitzernder Staub, ein pulveriger Lichterkranz aus Gips und Sand.